はぐれ又兵衛例繰控【三】

目白鮫

坂岡真

双葉文庫

目次

目白鮫《めじろざめ》

はぐれ又兵衛例繰控【三】

西琳寺《さいりんじ》の虎

一

平手又兵衛《ひらてまたべえ》は群れるのを嫌う。

格好つけて言えばそうなるが、要は人付き合いが悪い。上役から呑《の》みに誘われてもあっさり断り、陰口を叩かれても平然としている。齢《よわい》三十八、新米ではない。齢にかかわらず、町奉行所内でつきあいの悪い与力は、まず出世は望めぬし、役目のうえでも融通《ゆうずう》を利《き》かせてもらえなくなる。同心たちからもそっぽを向かれ、頼りにならぬ御仁《ごじん》という烙印《らくいん》を押される。

それでも、いっこうにかまわない。そもそも、出世など望んでおらぬし、華々しい手柄をあげて誰かに褒《ほ》めてほしいともおもっていない。来《こ》し方《かた》の罪状や類例《るいれい》を調べて書き物にまとめる例繰方《れいくりかた》の役目だけをきっちりこなし、余計なことはいっさい喋《しゃべ》らず、いつも仏頂面《ぶっちょうづら》で笑みひとつみせぬ。日がな一日を御用部屋の小机に向かって過ごし、まだ日のあるうちに帰り仕度《じたく》を整える。

喜怒哀楽を面《おもて》に出さぬ「くそおもしろうもない堅物《かたぶつ》」はいつしか、南町奉行《みなみまちぶぎょう》所《しょ》内で「はぐれ又兵衛」と呼ばれるようになった。

「おい、はぐれ。あいかわらず、つまらぬ顔をしておるのう」

偶《たま》さか厠《かわや》に立ったときにかぎって、嫌味な上役と鉢合《はちあ》わせになる。

廊下で後ろから喋りかけてきたのは「鼠《ねずみ》の山忠《やまちゅう》」こと山田忠左衛門《やまだちゅうざえもん》、染め残した鬢《びん》だけが白い年番方《ねんばんかた》の古参与力だ。

「表口の甚太郎《じんたろう》とか申す小者がな、辻講釈《つじこうしゃく》なみに妙なはなしを言いふらしておったぞ」

何でも「鷭《ばん》の旦那」と称する役人がおのれの正体を隠し、人知れず江戸の闇に巣くう悪党どもを懲《こ》らしめているという。たとえば、油屋の娘を襲った暴漢五、六人をたちまちのうちに成敗してみせたとか、品川宿《しながわしゆく》の悪辣《あくらつ》な地廻《じまわ》りを田楽刺《でんがくざ》しにしたとか、なかなかに興味を惹《ひ》かれる語り口だったので、山忠は小者に近づき、鷭の旦那とは誰のことか聞いてみた。

「小者はおもわせぶりに顔を寄せ、わしの耳許《みみもと》で囁《ささや》いた。平手又兵衛さまでござりますとな。耳を疑ったぞ。怒りの度を越すと月代《さかやき》が真っ赤に染まるゆえ、頭のてっぺんだけ赤い鶺になぞらえて、自分が綽名《あだな》を付けたのだと、小者は自慢げに胸を張りおってな。戯言《ざれごと》に相違《そうい》なかろうが、いちおうは確かめておかねばなるまい」

鼠の山忠は狡猾《こうかつ》そうな笑みを漏らす。

「いつぞやか、誰かに聞いたことがあった。平手又兵衛はああみえて、七千余りもある類例を一言一句違《たが》わず、隅から隅までこともなげに諳《そら》んじてみせるとな。そのうえ、剣の腕も度胸も一流となれば、例繰方なんぞに置いておくのはもったいない。どうじゃ、能ある鷹《たか》は爪を隠すとも言うし、甚太郎とか申す小者のはなしがまことなら、わしの力で花形の吟味方《ぎんみかた》へお役替えしてやってもよいのだぞ」

「はあ」

「はあとは何じゃ。その面、すかしっ屁《ぺ》でも嗅《か》がされたのか。御奉行を除けば、わしに逆らえる者はおらぬ。山田忠左衛門に声を掛けられて、小躍《こおど》りせぬ者はおらぬのだぞ」

「はあ」

「じゃから、はあとは何じゃと聞いておる。小者の申したはなしはまことなのか」

「根も葉もない戯言にござります」

「根も葉もない……ふん、やはりな、そうじゃとおもうたわ。朝っぱらから、とんだ無駄話をしてしもうたわい」

仕舞《しま》いには勝手に怒りだし、山忠はそそくさと廊下の向こうへ遠ざかる。

厠で用を済ませて部屋へ戻ると、三つ年上で同役の中村角馬《なかむらかくま》が声を掛けてきた。

「平手よ、ちと厄介《やっかい》なことになった。内与力《うちよりき》の沢尻《さわじり》さまからお呼びだしがあってな、御奉行の筒井《つつい》さまが何やら直々《じきじき》に試問なされたきことがおありとか」

新任の筒井伊賀守《いがのかみ》は昌平黌《しょうへいこう》きっての秀才との誉《ほま》れも高く、長崎《ながさき》奉行に任じられていた頃から賄賂《まいない》をいっさい受けとらぬ清廉《せいれん》さでも知られていた。袖《そで》の下《した》をあたりまえの役得と考える古株連中にとってはじつに扱いづらく、多くの者は関わりを持ちたがらない。

一方、内与力の沢尻玄蕃《げんば》は奉行と古株連中を繋《つな》ぐ橋渡し役を期待されているのに、役目を果たそうとせず、正直、何を考えているのかわからない。年番方与力の山忠などとも対立しており、沢尻と目を合わそうとせぬ者も少なくなかった。

「本来なら、わしが伺《うかが》わねばならぬところじゃが、ほれ、わしには部屋頭《へやがしら》として、いろいろとやらねばならぬことがあろう。それゆえ、おぬしに頼みたいのよ」

「承知つかまつった」

又兵衛がこともなげに応じると、小心者の中村は安堵《あんど》の溜息《ためいき》を吐《つ》いた。

「ほ、そうか、ありがたい。されば、今からすぐに行ってくれ」

面倒事を押しつけるのはいつものことゆえ、並んで座る同心たちは小机から顔をあげようとしない。

又兵衛はわずかに傾《かたむ》いた文筥《ふばこ》の位置をまっすぐに直し、狼煙《のろし》が立ちのぼるかのごとく席から立ちあがった。滑るように部屋を退出して廊下を進み、奥の母屋《おもや》との境目にある奉行の御用部屋へたどりつく。

「例繰方与力の平手又兵衛、御用命により罷《まか》り越しました」

廊下から声を掛けると、間髪《かんはつ》を容《い》れず、沢尻らしき者の声が聞こえてきた。

「入れ」

又兵衛は板の間に膝《ひざ》をついて襖《ふすま》を開け、下を向いて畳のうえへ膝行《しっこう》する。

両手で音も無く襖を閉め、その場で平蜘蛛《ひらぐも》となって平伏《ひれふ》した。

「楽にいたせ。もそっと近う」

沢尻に促《うなが》され、俯《うつむ》いたまま中腰で御前に向かう。

ふたたび畳に両手をつき、深々とお辞儀をした。

上座から疳高《かんだか》い筒井の声が響いた。

「面をあげよ」

「はっ」

顔を持ちあげると、上座の筒井が睨《にら》みつけてくる。

右脇に侍《はべ》る沢尻が、糸のように細い目を光らせた。

「平手、追《お》い剝《は》ぎと追い落としのちがいを述べよ」

「はっ」

いきなりの試問にも動じず、又兵衛は淀《よど》みなくこたえる。

「追い剝ぎは往来にて狙った相手の着物を剝ぎ取る者、一方、追い落としは同じく往来にて相手を追いかけたり突き倒したりして、相手が取り落とした財布などを奪う者にござりまする」

「科される罰のちがいは」

「追い剝ぎは獄門《ごくもん》、刎《は》ねた首を刑場で三日間台に晒《さら》しまする。追い落としは一等軽い斬首、牢屋敷《ろうやしき》内で刎ねた首は様斬《ためしぎ》りにされた胴ともども、俵詰めにして埋めまする」

「ふむ、ならば、町娘の髪に飾った櫛《くし》や簪《かんざし》を奪ったとき、科される罰はどちらじゃ」

「類例にしたがえば追い落としゆえ、罪人は斬首になりまする」

「されば、荒稼ぎはどうじゃ。白昼堂々、力ずくで狙った相手の身ぐるみを剝ぎ、持ち物もすべて奪った者は」

「荒稼ぎについては今から十六年前、文化《ぶんか》二（一八〇五）年に捕縛《ほばく》された鬼坊主《おにぼうず》清吉《せいきち》の例がござりまする。首魁《しゅかい》の清吉と乾分《こぶん》ふたりは、重々不届き至極《しごく》につき府《ふ》内引廻《ないひきまわ》しのうえで小塚原《こづかっぱら》にて獄門に処せられました。吟味は北町奉行所《きたまちぶぎょうしょ》、御裁定を下されたのは小田切土佐守《おだぎりとさのかみ》さまであられまする」

「ふむ、そうであったな。御奉行、ほかに何かお尋ねになりたきことは」

沢尻に水を向けられ、筒井は片眉《かたまゆ》を吊りあげた。

「されば、追い落としで奪った財布に十両入っておったとする。一方、追い剝ぎで奪った羽織《はおり》は古着屋で売っても一両に満たなんだ。類例にしたがえば、十両奪った追い落としの罪人が一等軽い斬首、一両に満たぬ追い剝ぎのほうが獄門の晒し首に処される。これでは、おかしゅうないか」

「おかしゅうございます」

「どういたせばよい」

筒井に問われ、又兵衛は黙った。

「何故《なにゆえ》、こたえぬ」

「はっ、おこたえする立場にないと存じますれば」

「許す。おのが存念を述べてみよ」

「されば、申しあげまする。追い剝ぎと追い落としは判別し難《がた》きものゆえ、奪った金銭の高《たか》に応じて、獄門と斬首の区別をすべきかと存じまする。なお、多人数での荒稼ぎに関しては、一律に獄門が相当かと存じまする」

「まあ、そうなろうな。じつは、評定所《ひょうじょうしょ》で御老中に質《ただ》されたのじゃ。わしもおぬしと同じようにこたえた。そのこたえでよかったのかどうか、ちと気になってな、例繰方の考えも聞いてみたかったのじゃ。ふむ、手間を取らせた。平手とやら、おぬしとは以前、書物蔵のそばでことばを交《か》わしておらぬか。夜更《よふ》けにもかかわらず、熱心に何か調べ物をしておったであろう」

「お人違いかと」

たしかに、夜遅くまで調べ物をしていたし、暗がりのなかで筒井にはなしかけられたこともおぼえている。だが、そのときの事情を説《と》くことはできぬし、雲の上の人物から親しくされるのも面倒なので、咄嗟《とっさ》の判断ですべてなかったことにしてしまった。

「さようか。人違いならば、褒めても詮無《せんな》いはなし。戻ってもよいぞ」

「はっ、失礼つかまつりまする」

御用部屋から退出すると、少し遅れて沢尻が追いかけてきた。

「おい、待て」

「はあ、まだ何か」

沢尻は身を寄せ、呆《あき》れたように告げてくる。

「無欲なのか、やる気がないのか、どっちじゃ」

「えっ」

「御奉行はおぬしを使えると踏み、遠回しに誘うてくださったのだぞ」

「誘うとは、どういう意味にござりましょう」

「ここだけのはなし、奉行所内の膿《うみ》を出しきる探索方に抜擢《ばってき》しようとなされたのじゃ」

「奉行所内の膿」

「今さら説くまでもなかろう。町奉行所は悪臭漂う溝《どぶ》のようなものじゃ。大名旗本の付け届けに悪徳商人からの賄賂《わいろ》、さらに町人どもからは袖の下、与力も同心も当然のごとく金品を受けとり、見返りとして小悪《しょうあく》には目を瞑《つぶ》る。汚れきっておるゆえ、一度溝浚《どぶさら》いをせねばならぬと、御奉行はさようにお考えでな。そのためには誰が元凶かを見定め、そやつを除くための確乎《かっこ》とした証拠を集めねばならぬ。かかる事情により、平然と他人の粗探《あらさが》しができそうな者を探しておったのじゃ」

「それがしは一介の例繰方、他人の粗探しなどできませぬが」

「やってみねばわかるまい。ふふ、上役の粗探しほど楽しいものはないぞ」

「遠慮させていただきまする」

「つれないことを申すな。まずは手始めに、山田忠左衛門を探ってみよ」

沢尻はさっと近づき、袖口に手を入れてくる。

どうやら、小判を三枚ほど落としたらしい。

「支度金じゃ、何かと入り用になろうからな」

「困りまする」

「やらぬと申すのか」

「はい」

「かような機会は二度と訪れぬぞ」

「かまいませぬ」

「驚いたやつじゃ。御奉行直々の誘いを断るとはな」

まことに筒井の意向なのだろうか。沢尻が奉行所内での地盤を築くために、御奉行の威光を使おうとしているだけではないのかと、勘ぐってしまう。だいいち、金で誘うのならば、汚れきった連中と少しも変わらぬではないか。

「出世せずともよいのか」

沢尻は声を押し殺し、なおも粘ろうとする。

「おぬし、三月《みつき》ほど前に所帯を持ったであろう。祝言《しゅうげん》はあげたのか」

「いいえ」

「何をもたしておる。早うあげよ。日取りさえ決まれば、御奉行にお願いして角樽《つのだる》のひとつも提《さ》げてまいろうぞ」

「遠慮させていただきまする」

「取りつく島《しま》のないやつだな。可愛い妻女《さいじょ》を喜ばせてやりたくはないのか」

「お気遣《きづか》いは無用にございまする。これを」

又兵衛は三枚の小判を握り、仰《の》け反《ぞ》った沢尻の胸に突き返す。そして深々と一礼するや、舌打ちを背中で聞きながら、堂々とその場を離れた。

二

七つ（午後四時頃）の鐘《かね》が鳴るまえに、小机の上を丁寧《ていねい》に片付け、誰よりも早く御用部屋をあとにする。檜造《ひのきづく》りの玄関で雪駄《せった》を履き、端に寝かされた竹箒《たけぼうき》を定められた位置に立てかけ、式台から階段を三段下りて、ほっと溜息を吐いた。

一日の終わり、なんとも言えぬ安らぎに満ちた瞬間だ。

門までは六尺幅の青い伊豆石《いずいし》がまっすぐに延び、青板の左右には那智黒《なちぐろ》の砂利《じゃり》石《いし》が敷きつめられている。

夕陽に染まった甍《いらか》を背にしつつ、又兵衛は青板のまんなかを歩きはじめた。

菊の薫《かお》る季節、頰《ほお》を撫《な》でる夕風も心地よい。

右手に聳《そび》える高い壁の向こうは白洲《しらす》、山形に積まれた天水桶《てんすいおけ》のひとつが脇に転がっているのをみつけた。放っておくのも忍びなく、青板から外れて壁際まで歩き、桶を拾って元の位置に戻す。ついでに、微妙にずれた他の桶もすべて元通りにし、ようやく青板まで戻ってきた。

あるべき場所にあるべき物がないと、落ちつかなくなる。たとえば、雪駄なども玄関の定まった場所に左右きちんと揃《そろ》っていなければならず、これはもう癖《へき》を超えた病《やまい》としか言いようがなかった。

左手の小門を潜《くぐ》り、長屋門《ながやもん》の外へ出る。小砂利を踏みしめて振りむけば、黒い渋塗《しぶぬ》りに白漆喰《しろしっくい》の海鼠壁《なまこべい》が眼前に迫った。はじめての者は、立ちすくむにちがいない。厳《いか》めしい門構えは権威の象徴にほかならず、向きあえばおのれの弱さや小ささをこれでもかと突きつけられる。

――門に向きあう弱き者の気持ちを忘れるなよ。

十数年前、はじめて出仕《しゅっし》した日のこと、与力の先達《せんだつ》だった父に諭《さと》された。爾来《じらい》、長屋門に一礼してから、帰路をたどる習慣が身についている。

「鶍の旦那」

弾《はず》んだ声に顔を向ければ、通りを隔《へだ》てた水茶屋《みずぢやや》の見世先《みせさき》で、縞木綿《しまもめん》に小倉《こくら》の角《かく》帯《おび》を締めた小者が手を振っていた。

「甚太郎か」

いつもなら無視して帰るところだが、山忠に言われたはなしをおもいだす。叱《しか》ってやらねばなるまい。

甚太郎の頭上には、萌葱色《もえぎいろ》の幟《のぼり》がひらひらと風に揺れていた。

訴人《そにん》の待合にも使う葦簀《よしず》張りの水茶屋が五軒ほど並んでおり、いずれの幟にも「名物みそこんにゃく」という白抜きの文字がみえる。

「旦那、こっちこっち」

甚太郎は生意気にも手招きしてみせ、赤い毛氈《もうせん》の敷かれた床几《しょうぎ》に招こうとする。

又兵衛は肩を怒らせ、大股で通りを渡った。

「甚太郎、おぬし、辻講釈のまねごとをしておるそうだな。品川宿の地廻りを田楽刺しにしたなどと、やってもおらぬことをぺらぺら喋りおって、怪《け》しからぬやつだ」

「いいじゃありやせんか。はなしにゃ尾鰭《おひれ》がつきもの。あっしはどうしても、旦那のことをみなさんに知ってほしいんだ。町奉行所のなかにも、正義ってやつがまだ残っている。甘《あめ》え汁を吸いまくる甲虫《かぶとむし》みてえな連中に、そいつを教えてやりてえんですよ」

「余計なことをするな。よいか、金輪際《こんりんざい》、わしのことは喋るでないぞ」

「へえ、へえ、かしこまり、てんてんてれつくかしこまり」

「幇間《ほうかん》か」

「旦那、ところで、新しいお暮らしには馴《な》れやしたかい。奥さまはとびっきりの縹緻好《きりようよ》し、それに気立てもいいときた。これで味噌汁《みそしる》がお口に合えば、言うことはねえ」

「味噌汁か」

十年前に両親を亡くしたあとは、通いのおとよに朝夕の賄《まかな》いを任せてきた。尾《お》張《わり》生まれのおとよは八丁味噌《はっちょうみそ》を使うので、すっかりその味に慣れてしまい、正直、ほかの味噌は舌に合わない。

「八丁味噌から白味噌に変わりゃ、そりゃ面食らいやしょうよ。言いてえことも言わずに痩《や》せ我慢はまずいな。腹に溜《た》めておくのが、いっちよくねえ。出すもんはきっちり出さねえと、夫婦ってもんは長続きしやせんぜ。もっとも、旦那は辛《しん》抱《ぼう》強くていらっしゃる。何せ、奥さまは元御大身《ごたいしん》の一人娘、しかも出戻りときたもんだ。御家が改易《かいえき》になったあとは、永代寺《えいたいじ》門前の料理茶屋で下女奉公をなさっていたとか。もちろん、苦労を知っているほうが知らねえよりゃいい」

黙って聞いていると、甚太郎の舌は水車のように廻りだす。

「出戻りのご本人はさておき、あっしが言いてえのは、旦那がお相手のご両親もまとめて引き受けなさったことだ。しかも、奥さまが八丁堀の御屋敷へやってくるその日までご存じなかったって、ほんとうですかそりゃ。嫌ならその場で断りゃよかったのに、旦那はそうなさらなかった。今じゃ世間の笑いもの……おっと、口が滑っちまった。ともかく、月下老人《げっかろうじん》の剣の師匠に義理立てなさり、とんでもねえ貧乏籤《びんぼうくじ》を引いちまったってね。ええ、ぜんぶ鍼医者《はりいしゃ》の長元坊《ちょうげんぼう》さんから聞いておりやすよ。お義父上《ちちうえ》はまだら惚《ぼ》けが日毎《ひごと》にすすみ、旦那を家来だとおもっていなさるとか。毎朝、湯屋《ゆや》に連れていき、背中を流してさしあげるんでしょう。あっしはね、そのはなしを聞いて涙が出そうになりやしたぜ。こいつは掛値無しの優しさだ。そんな奇特《きとく》なおこないは、お釈迦《しやか》様か鶴の旦那にしかできねえ。機会があれば、このはなしも甲虫どもに聞かせてやろうってね。へへ、あっしは旦那に男惚《おとこぼ》れしているんでやすよ」

立て板に水のごとく、よく喋る男だ。

又兵衛は針と糸を用意し、口を縫いつけてやりたいとおもった。

「あっしを黙らせてえと仰《おつしや》るなら、願い事をひとつお聞き届けくださいまし」

甚太郎が毛氈に両手をつくと、奥からほっぺたの赤い小娘が平皿で味噌蒟蒻《みそこんにやく》を運んできた。

しめこの兎《うさぎ》、お相伴《しょうばん》に与《あずか》ろう。

そうおもって手を伸ばすと、甚太郎が手甲《てこう》をぱしっと叩く。

「痛っ、何をする」

「旦那、いくら好物だろうが、早まっちゃいけやせん」

「どうして」

睨みつけると、甚太郎は悲しげな顔で娘のほうをみた。

「おちよ坊、鶍の旦那に事情をおはなししろ」

「……は、はい」

「何も恐がることはねえ。困ったときはおたがいさま。こちらの旦那はきっとわかってくださる。可哀相な娘をお救いいただけるはずさ」

「ほんとうですか。ほんとうに、救っていただけるんですか」

「ああ、この甚太郎さまが太鼓判《たいこばん》を押すんだ。旦那を信じて待ってりゃ、かならずどうにかしてくれる」

又兵衛はたまらず、口を挟んだ。

「おい、待て。おちよがどうかしたのか」

「よくぞお聞きくださいやした。じつは、このおちよ坊、親ひとり子ひとりの貧乏暮らし、小せえころから奉公に出され、懸命に今日まで生きてめえりやした。ところが、呑んだくれの親父がたいそうな借金をこさえちまった。明日までに三十両返《け》えさねえことにゃ、おちよ坊は岡場所へ売っぱらわれちまうんです。何しろ、金を借りた相手が悪い。座頭《ざとう》の宗竹《そうちく》っていう、阿漕《あこぎ》な高利貸しなんでやすよ」

「座頭金《ざとうがね》か」

「へい、そのとおり。座頭金と鉄砲女郎《てっぽうじょろう》にゃ手を出すなってね。たった五両の元金が半月で六倍に跳ねあがっちまった。そんなはなしは聞いてねえと居直った親父は、座頭の雇った破落戸《ごろつき》どもから撲《なぐ》る蹴るの乱暴を。へえ、襖絵《ふすまえ》を描く絵師だってのに、でえじな右腕をへし折られちまったんでやすよ。そのうえ、可愛い一人娘を岡場所に沈められたとあっちゃ、泣きっ面に蜂《はち》どころの騒ぎじゃねえ。おちよ坊は泣きながら、あっしに縋《すが》ってきたんだ。鷭の旦那がそんなにありがたいおひとなら、駄目元で助けを頼んでもらえまいかとね」

甚太郎が辻講釈よろしく喋ったはなしを、おちよは柱の陰で聞いていたらしい。

「そういうことなら」

又兵衛は平皿に伸ばした手を引っこめ、すっと立ちあがった。

甚太郎もおちよも、えっという顔をする。

「旦那、どうしなすった」

「どうもこうもない。わしはただの例繰方、悪党ども相手に大立ちまわりを演じる力も度胸もない。すまぬが、ほかを当たってくれ」

「そりゃねえだろう。旦那、あっしの顔はどうなりやす」

甚太郎は涙目になり、声を震わせる。

又兵衛は、面倒臭《めんどうくさ》そうにこたえてやった。

「おぬしの顔がどうなろうと、知ったことではない」

「そんな……おちよ坊を助けていただけねえと仰るなら、味噌蒟蒻はお出しできやせんぜ」

「味噌蒟蒻なら、隣の見世にもある。味はたぶん、同じだろうよ」

去りかけると、甚太郎が腰に縋りついてきた。

毛氈の後ろに立つおちよは、俯いたまま顔もあげられない。

「甚太郎、手を放せ。江戸にはな、おちよのごとき娘が掃《は》いて捨てるほどおるのだ。恨《うら》むんなら、借金をこさえた父親を恨め」

手を振りほどくと、甚太郎は腹ばいになり、拳《こぶし》で地べたを叩きはじめる。

「ちくしょう、鶴の旦那が聞いて呆れらあ。くそったれめ、もう、頼まねえぞ。おちよ坊、心配《しんぺ》えすんな。おれが宗竹とはなしをつけてやる」

小者の悪態を背中で受け流し、又兵衛は茶屋から遠ざかっていった。

八丁堀《はっちょうぼり》の拝領《はいりょう》屋敷へ帰れば、静香《しずか》の作った温かい味噌汁が待っている。鯊《はぜ》の甘露煮《かんろに》や塩辛《しおから》を肴《さかな》に一杯呑めば、憂《う》さを忘れることもできるだろう。

数寄屋橋《すきやばし》を渡りきり、尾張町《おわりちょう》の大路を左手に曲がり、銀座《ぎんざ》から京橋《きょうばし》を渡って右手に折れる。まっすぐ川沿いに進めば八丁堀は目と鼻のさきだが、又兵衛は何をおもったか、楓川《もみじがわ》に架かる弾正橋《だんじょうばし》の手前でひょいと左手に折れた。

ほっぺたの赤いおちよの泣き顔をおもいだし、ふうっと溜息をひとつ吐く。

足を止めたところは常盤町《ときわちょう》の片隅、目の前には金釘流《かなくぎりゅう》の墨文字で「鍼灸《しんきゅう》揉《も》み療治《りょうじ》　長元坊」と書かれた看板が立っていた。

三

戸を開けて敷居をまたぐと、美味《うま》そうな汁物の匂いが漂ってくる。

「長助《ちょうすけ》、邪魔するぞ」

雪駄を揃えて脱ぎ、板の間にあがって奥の部屋を覗《のぞ》いた。

薄暗がりに光るのは、居着いてしまった三毛猫《みけねこ》の目にちがいない。

幼馴染《おさななじ》みの鍼医者は、岩のような禿頭《とくとう》に汗を滲《にじ》ませ、鍋《なべ》を突っついていた。

「誰かとおもえば、ご無沙汰《ぶさた》野郎じゃねえか。おれを長助と呼ぶなと言ったろう」

「洟垂《はなた》れの時分から馴染んだ名だ。容易《たやす》くは変えられぬ」

「長助って名は、いかにも情けねえ。長元坊と呼べ」

「七面倒臭《しちめんどうくさ》いな」

長元坊は隼《はやぶさ》の異称、鼠や小鳥を捕食するが、狩りには使えない。人の意のままにならぬ猛禽《もうきん》の異称を、元破戒僧《はかいそう》の藪医者《やぶいしゃ》はえらく気に入っていた。

「へへ、おめえも食うか。当たれば死んじまう鉄砲鍋《てっぽうなべ》だぜ」

「河豚《ふぐ》か」

ごくっと、生唾《なまつば》を呑む。

「肝《きも》を冷やしながら、さばいてやったのさ。素人《しろうと》が扱ったら、いちころだぜ」

「おぬし、素人ではないのか」

「おいおい、おれさまを莫迦《ばか》にするな。何なら、『百川《ももかわ》』の花板直伝《はないたじきでん》の包丁《ほうちょう》さばきをみせてやろうか」

長元坊は立ちあがり、やっぱり止めたと尻を落とす。

「何しろ、おめえは所帯持ちだ。所帯持ちに河豚は食わせられねえ。胡瓜《きゅうり》の古漬《ふるづ》けがあるから、そいつで安酒でも啖《くら》ってろ」

「ああ、そうするよ」

又兵衛は自棄《やけ》気味に応じ、板の間に転がった欠け茶碗に冷や酒を注いだ。

古漬けは古すぎて、黴《かび》が生《は》えかかっている。

「舌にぴりっとくるぜ。おとよ婆の古漬けよか古いかもな、へへ、そういえばつい先だって、深川《ふかがわ》の猿江町《さるえちょう》から小見川一心斎《おみがわいっしんさい》が訪ねてきたぜ。腰が痛えから揉んでくれとか抜かしてな、あの爺、ほんとに剣の師匠なのか」

「そうだよ」

「ってことは、香取神道流《かとりしんとうりゅう》の達人で、座った位置から飛蝗《ばった》みてえに二間《けん》近くも飛びあがる、抜きつけの剣を会得《えとく》しているってことになるな。そいつが、どうにも信じられねえ。ありゃ、よぼの爺だぜ。からだはかちんこちんの革細工《かわざいく》だし、手足を動かすのもしんどそうだった」

「革細工が気持ちひとつで、海月《くらげ》のようになるのさ」

「ふうん、おめえは海月爺のせいで、とんだ荷物を背負《しょ》いこんじまったわけだな」

静香と同じひとつ屋根の下に暮らしはじめてからも、所帯を持った実感がいっこうに湧《わ》いてこない。

「祝言をあげてねえからだろう。町奉行所の与力さまが、そんなんでいいのかね。ま、はぐれだから、いいのか。どうせ、気にする上役もおるめえよ」

長元坊は他人事《ひとごと》のように言い、河豚汁を美味そうに啜《すす》ってみせる。

「ああ、美味《うめ》え。食いてえか」

「ふん、いらぬわ」

「へへ、痩せ我慢すんな。静香は一心斎が偶さかよくしてもらった料理茶屋の下女だった。義理立てする恩もねえのに、おめえは海月爺に口説《くど》かれて、うっかりその気になっちまった。ところが、よくよく聞いてみりゃ、静香は元小十人頭《こじゅうにんがしら》の娘だという。小十人頭といやあ、一千石取りの御大身だ。世が世なら、二百石取りの町奉行所与力が手出しのできる相手じゃねえ。八丁堀のしけた屋敷に、高嶺《たかね》の花が舞いこんできたってわけだな。しかも、老《お》いた双親《ふたおや》のおまけつき。父親のほうは惚けが進み、始末に負えねえときた」

「怒ったのか。それなら、早く帰《け》えってやんな。恋女房の尻に敷かれて、めでたくあの世へ逝《い》っちまえばいいさ」

歯に衣着《きぬき》せぬ物言いが、得難《えがた》いとおもうときもある。

又兵衛は空の欠け茶碗を差しだした。

「こいつに一杯よそってくれ」

「安酒か、それとも河豚汁か」

「河豚汁だよ」

「へへ、そうこなくっちゃな」

よそってもらった河豚汁を啜り、河豚の身を口に入れる。

出汁《だし》をたっぷり吸った身が美味すぎて、おもわず顔がほころんだ。

「な、そうなるだろう。死ぬ気で食う飯ってのは格別なのさ」

返事の代わりに、空きっ腹がきゅうきゅう鳴りだす。

又兵衛は汁のお代わりを何度もし、卵黄《らんおう》を落とした〆《しめ》の雑炊《ぞうすい》も平《たい》らげた。

「ふう、食った食った」

長元坊は満足げに太鼓腹を叩き、楊枝《ようじ》で前歯をせせりだす。

「ところで、何の用だ。厄介事か」

「わかるか」

「わからねえはずがあるめえ。何年つきあってるとおもってんだ」

「座頭の宗竹は知っているか」

「ああ、知っているともさ。呉服町《ごふくちょう》のけちな高利貸しだが、揉み療治にちょくちょく呼んでくれる上客でもある」

「ふうん、上客か」

うなずく又兵衛に向かって、長元坊は大きな顔を寄せてくる。

「宗竹がどうかしたのか」

「借りた五両の元金が、半月で三十両に跳ねあがった。払えぬ絵師の娘が借金のカタにされかけている」

「ふん、そんなはなしは、江戸じゅうに転がっているぜ」

「明日までに何とかせぬと、娘は岡場所に沈められる」

「助ける義理でもあんのか」

長元坊は眉を寄せ、ぎょろ目を剝《む》く。

又兵衛は自嘲《じちょう》するように薄く笑った。

「奉行所の門前に水茶屋があるだろう。困っておるのは下女働きの娘でな、おらぬようになったら、味噌蒟蒻の味も落ちてしまうにちがいない」

「そういうことなら、助けるっきゃあんめえ」

「な、そうおもうだろう」

「善は急げ、今から討ち入りといくか」

「いいのか」

「へへ、水臭《みずくせ》えことは言いっこなし。おれが殺しの濡《ぬ》れ衣《ぎぬ》を着せられたとき、おめえは命《いのち》懸《が》けで救ってくれた。そいつの借りを返えしてえとおもっていたところさ」

長元坊は立ちあがり、馬のようにぶるっと胴震《どうぶる》いしてみせる。

又兵衛もあとにつづき、黒鞘《くろざや》に納まった刀を帯に差しこんだ。

「そいつは平手家伝来の和泉守兼定《いずみのかみかねさだ》か」

「いいや、刃《は》引《び》きされた鈍刀《なまくら》だ」

「それでいい。座頭なんざ斬ったところで、刀の錆《さび》にしかならねえからな。おれに任せておけ」

「ああ、頼む」

「へへ、頼り甲斐《がい》のある幼馴染みを持つと、ありがてえだろう」

八《や》つ手《で》のような掌《てのひら》で肩を叩かれ、又兵衛は蹌踉《よろ》めいた。

四

家猫を残して外へ出ると、周囲は薄暗くなっている。

めざす呉服町は日本橋《にほんばし》の手前、四半刻《しはんとき》（約三十分）もせずにたどりつけるだろう。

更けゆく夜の帳《とばり》を裂くように、大路には荷車が行《ゆ》き交《か》っていた。

長元坊は巨体をかたむけ、低い声で喋りかけてくる。

「座頭にゃ破落戸まがいの借金取りがつきものでな、呉服町界隈《かいわい》を牛耳《ぎゅうじ》るのは獅子《しし》口《ぐち》の万蔵《まんぞう》って野郎だ。北町奉行所にも顔の利く強面《こわもて》で、おれよりでけえ力丸《りきまる》ってのを番犬に飼っていやがる」

力丸を連れていけば、たいていの借り手は震えあがるという。噂《うわさ》では簀巻《すま》きにされて川に沈められた者もあったとか。金を貸す連中には重宝がられ、金を借りた連中からは蛇蠍《だかつ》のごとく嫌われる。それが獅子口の万蔵という男らしい。

二町ほどさきの暗がりに、日本橋がうっすらみえてきた。

長元坊は四つ辻《よつじ》で立ち止まる。

「左手は座頭の住む稲荷新道《いなりしんみち》、右手は呑み屋が軒《のき》を並べる木原店《きはらだな》。呑んだくれ親父は稲荷新道で借りた金を、木原店で散財したにちげえねえ。ふん、娘のことがなけりゃ助けたかねえな、自業自得ってやつだぜ」

「そう言うな。絵師なのに、利き腕を折られたのだからな」

「折ったのは力丸さ。おれが知っているだけでも、力丸に利き腕を折られたやつは五指に余る」

長元坊は左手に曲がり、稲荷新道をなかほどまで進んだ。

稲荷社のかたわらに、妾宅《しょうたく》のような黒板塀《くろいたべい》の平屋がある。

「あそこだ」

知らぬ者なら警戒もしようが、馴染みの鍼医者なら木戸を開けてもらえるだろう。

「で、どうする。借金でもしてやるか」

「ふむ、その手でいこう」

「よし」

長元坊は大股で近づき、拳を固めて戸を敲《たた》いた。

――どん、どどん、どん、どどん。

敲き方に決め事があるらしく、相手には鍼医者とわかるらしい。

「こいつが使えるのも今宵《こよい》かぎりだ。たぶん、二度と訪れることはあるめえ」

潜《くぐ》り戸《ど》が音も無く開いた。

屈《かが》んで内へ入ると、小太りで色の白い女が立っている。

「おえんさんか」

おえんという女は長元坊に、怪訝《けげん》な顔を向けてきた。

「お呼びしていましたっけ」

「いいや、折り入ってはなしがある。旦那さまはおられるかい」

「ええ、おりますけど。はなしって何です」

「金を借りたいのさ」

おえんはきゅっと紅唇《くちびる》を結び、長元坊の後ろに立つ又兵衛を睨んだ。

「そちらさまは」

「なあに、ただの幼馴染みさ。ともかく、旦那さまに繫いでくれ」

「はいはい、わかりましたよ」

おえんは奥に引っこんだ。

「あれは妾《めかけ》でな、食えねえ三十路女《みそじおんな》さ」

しばらくすると、猫背の宗竹がおえんに手を引かれてあらわれた。

「先生かい、どうしなすった」

「夜分に申し訳ない。ちと、こちらの旦那に融通してもらえぬか」

「いかほど」

「そうさな、五十両ほど」

「けっこうな大金だな」

「こちらは八丁堀に住んでいなさる。恩を売っておけば、損はさせぬぞ」

「なるほど、八丁堀の旦那で。それなら、お名前とお役目を伺っておきましょうか」

又兵衛は上《あ》がり端《ばな》まで近づき、正直に名乗ってやった。

「南町奉行所の例繰方与力、平手又兵衛だ」

「ほう、与力の旦那が座頭金を。めずらしいこともあるものだ。しかも、例繰方というのは聞き慣れぬお役目ですな」

「来し方の類例を調べる役目さ」

「つまりはご内勤で」

「さよう」

「なるほど」

宗竹は内勤と聞いて、警戒を少し緩《ゆる》めたようだ。外廻りは荒っぽく、内勤はおとなしいとでもおもっているのだろう。

「ま、長元坊先生のご紹介でもありますし、ようござりましょう。用立てするのは五十両でよろしいのですね」

「ふむ、それで頼む」

「二割の利息と二割の謝礼、合わせて四割の二十両はさっ引かせていただきますけど、それでもよろしゅうござりますか」

「けっこうだ」

「少しお待ちを」

宗竹はおえんともども奥へ戻り、巻紙と筆を携《たずさ》えてくる。

おえんのほうはとみれば、天鵞絨《ビロード》の布で包んだ三方《さんぼう》を抱えていた。

又兵衛は上がり端に座って筆を嘗《な》め、指示されたとおり巻紙の端に署名する。

おえんは証文の文言を何度も確かめ、手馴れた仕種《しぐさ》で三方の布を取った。

無造作《むぞうさ》に積まれた山吹色《やまぶきいろ》の小判が、怪《あや》しげな光を放っている。

「座頭には山吹色がみえませぬ。おかげで、小判に惑わされることもない。されど、目がみえないぶん、借り手の心はよくみえる。ことに、欲に溺《おぼ》れて沈みそうな者の心は手に取るようにわかるのですよ」

「ふうん、偉いものだな」

「平手さま、返済期日は二十日後、一日でも遅れたら月末までに二割の利息を頂戴《ちょうだい》いたします」

「そいつは御法度《ごはっと》の月踊《つきおど》り、利息の二重取りじゃねえか」

横槍《よこやり》を入れる長元坊を制し、又兵衛は冷静な口調で言った。

「詮方《せんかた》あるまい。背に腹はかえられぬ」

「ならば、よろしいので」

「ふむ」

宗竹は三方をみずから掲《かか》げ、こちらに寄こそうとする。

又兵衛は三方を受けとり、それを床に置き直した。

「三十両、たしかに借りた。されど、返済まで二十日もいらぬ。今すぐ返すゆえ、受けとるがよい」

「……ど、どういうことにござりましょう」

「絵師に五両貸したであろう。おちよという娘の父親だ」

「孫次郎《まごじろう》のことですか」

「おう、そうだ。利息やら何やらで、五両が三十両に膨《ふく》れあがったとか。明日までに耳を揃えて返さねば、おちよは岡場所へ売られてしまうと聞いたが、そうなのか」

「ええ、まあ」

「わしがその三十両を肩代わりしよう」

宗竹は額《ひたい》を叩き、面食らってみせる。

「お待ちください。そんなはなしなら、お貸しできませんけど」

「もう遅い。証文を交わしたからな」

すかさず、長元坊がたたみかけた。

「おい、おえん、孫次郎と交わした貸付証文を持ってこい」

「嫌だね」

「いいから、とっとと持ってこい」

凄《すご》んでみせると、おえんは奥へ引っこんだ。

そして、十《とお》も数えぬうちに、証文を携えてくる。

長元坊は証文を受けとり、さっと目を通すや、縦《たて》に細かく破いてみせた。

その音に左右の耳をぴくつかせ、宗竹は口惜《くちお》しげに吐きすてる。

「先生よ、そんなことをしてただで済むとでも」

「へへ、あいにく、おれは脅《おど》しの効く相手じゃねえんだ。万蔵や力丸をけしかけても無駄ってもんだぜ」

「ふん、ただの鍼医者だろうが」

「おれに手を出したら、あんたは針の筵《むしろ》に座ることになる。駄洒落《だじゃれ》じゃねえぜ。ここはひとつ、おとなしくしといたほうがいい」

「くそっ」

悪態を吐《つ》く宗竹の隣で、おえんの面相《めんそう》は般若《はんにゃ》と化している。

「宗竹さんよ、その気になったら、また呼んでくれ。急所に極太の鍼を刺してやるかんな」

「出ていけ、二度とこの家の敷居をまたぐな」

「ほいほい、お望みどおり、出ていきますよ」

長居は無用と、長元坊が目配せを送ってくる。

又兵衛は踵《きびす》を返し、さっさと潜り戸を抜けた。

長元坊も後ろにつづき、外へ飛びだしてくる。

ぴしゃりと戸が閉まり、宗竹の舌打ちが聞こえてきた。

もちろん、又兵衛に金を返すつもりはない。宗竹がこれこれしかじかと訴えでたら、法外な利息を上乗せした罪で縄を打つだけのことだ。破落戸どもをけしかけてきたら、逆しまに目にものみせてやる。上客を失った長元坊には申し訳ないことをしたが、これでおちよ坊が助かるなら御《おん》の字《じ》だろう。

「へへ、上手《うま》くいったな。たまにゃ人助けもいいもんだぜ」

長元坊の言うとおりだ。帰路をたどる足取りも軽い。

ただし、一抹《いちまつ》の不安がないこともなかった。

夜空を照らす半月が、流れる叢雲《むらくも》に隠されてしまう。

漆黒《しっこく》の闇をたどる又兵衛の足取りは、次第に重くなっていった。

五

翌日、不安は的中した。

「鶏の旦那、てえへんだ、おちよ坊が連れていかれた」

夕刻、傷だらけの甚太郎が八丁堀の屋敷に駆けこんできたのである。

「獅子口の万蔵がでけえのをしたがえて、わざわざ水茶屋に来やがった」

甚太郎は必死に抵抗したものの、おちよは畑から大根を引っこ抜く要領で易々《やすやす》と連れていかれた。

「長元坊の先生から、もう大丈夫だって聞いていたもんだから、おいらもおちよ坊も安心してたのに」

ともかく、急いでおちよを助けださねばならない。

又兵衛は押《お》っ取《と》り刀《がたな》で屋敷を出て、万蔵の塒《ねぐら》へ向かった。

途中で長元坊も拾い、木原店の角屋敷へやってきたのだ。

「ずいぶん嘗められたもんだぜ。この落とし前は、きっちりつけてやるかんな」

長元坊は巨体を揺すり、眸子《まなこ》を怒らせる。

甚太郎は昨夜の経緯を詳しく聞き、生意気な台詞《せりふ》を口走った。

「そこまで骨を折ってくれたとは、さすが旦那と先生だ。おいらが見込んだだけのことはある」

だが、座頭のもとへ足労《そくろう》した甲斐もなく、おちよは破落戸どもに連れていかれた。

長元坊の言ったとおり、宗竹は又兵衛を嘗めきっているとしかおもえない。いくら内勤とはいえ、町奉行所の与力を虚仮《こけ》にするなら、それなりの気構えが要るはずだ。勝算がなければ、意地を張ることもできまい。

一介の座頭に勝算などあるのだろうか。

ひょっとしたら、嘗めているのはこちらなのかもしれない。

鼻息の荒い長元坊の背につづき、又兵衛はあれこれ考えをめぐらせた。

「さあ、着いたぜ」

気づいてみれば、目の前に人相風体《にんそうふうてい》の怪しい連中が屯《たむろ》している。

間口の広い角屋敷の店先には、大漁旗《たいりょうばた》のごとく派手に彩色《さいしき》された太鼓暖簾《たいこのれん》がはためいていた。

「又よ、行くぜ」

長元坊は肩で風を切り、平屋の敷居をまたぐ。

「ちょいと邪魔するぜ。獅子口の万蔵はいるか」

「何だおめえは」

若い衆が飛びだしてきて、摑りかからんばかりに迫ってくる。

甚太郎を外に残し、長元坊の背後から又兵衛が一歩踏みだした。

腰帯には大小と朱房《しゅぶさ》の十手《じって》も差してある。

「ちっ、不浄《ふじよう》役人か」

若い衆は舌打ちし、すっと身を引いた。

と、そこへ、奥のほうから強面の男があらわれる。

万蔵にちがいない。獅子口と綽名されるだけあって、乱杭歯《らんぐいば》の目立つ大きな口がへの字に曲がっていた。

「あっしに何かご用で」

万蔵は堂々と胸を張って近づき、上がり端でぱんと着物の裾《すそ》を叩《はた》いて座る。

長元坊が上から睨みつけた。

「おちよを返えせ。宗竹とは、はなしをつけてある」

「へへ、藪から棒にいってえ何のはなしだか」

「とぼけんのか」

「いいや、とぼけちゃいねえ。おれは座頭の旦那に言われたことをやったまでだ」

「それじゃ筋が通らねえ。おちよの父親がこさえた借金は、こちらの旦那が肩代わりしたんだぜ」

「肩代わりねえ」

万蔵は長煙管《ながぎせる》を取りだして吸い、ぷかあっと煙を吐いてみせる。

「わからねえのはそれだ。町奉行所の与力さまが何でまた、貧乏長屋の小娘を助けようとなさるのか。きっと何かの勘違えだと、座頭の旦那は仰った。目の前で破かれた証文はおえんが拾い集め、ひと晩掛けて膠《にかわ》で貼りつけたんだとさ。へへ、証文がある以上、借金取りの出番はなくならねえ。小娘は岡場所へ売っ飛ばす。それで仕舞《しめ》えだと言いてえところだが、そっちの旦那の証文もちゃんと預からせてもらった。旦那の出方次第じゃ、そっちのけじめもつけるっきゃねえ」

「ほう、どうけじめをつける」

長元坊が声を荒らげると、万蔵はせせら笑った。

「くへへ、仏心が仇《あだ》になったってえはなしさ。両刀差《りやんこざ》しだろうと、十手持ちの与力さまだろうと、借金したことに変わりはねえ。借りた金を返えすのは、人としてあたりめえのことだろう。ちがうか。ましてや、旦那は貧乏人どもに範《はん》をしめさにゃならねえお立場だ。残りの二十両は期日内に、きっちり返えしてもらいやすぜ」

「ふうん、与力相手に喧嘩《けんか》しようってのか」

「ああ、そうさ。ちょいと調べさせてもらったぜ。例繰方ってのは、むかしの帳面を捲《めく》るだけのつまらねえ役目なんだろう。そっちの旦那は南町奉行所で、はぐれと綽名されているそうじゃねえか。仲間はひとりもいねえし、上役にも厄介がられているとか。ふん、廻《まわ》り方《かた》に顔の利かねえ与力なんざ恐かねえ。帯に差した大小もどうせ、飾りにすぎねえはずさ」

長元坊は溜息を吐いた。

「口の減らねえ野郎だな。何でもいいから、おちよを返えせ。こっちが下手《した て》に出ているうちに、やることをやれってえの」

「さっきから黙って聞いてりゃ、ごちゃごちゃうるせえんだよ。おめえは鍼医者らしいな。上客を裏切って、どういうつもりなんだ。あんまりうるせえと、鍼が打てなくなるかもだぜ。おい、力丸」

万蔵が後ろに呼びかけると、大入道《おおにゅうどう》がのっそり登場した。鴨居《かもい》を屈んで潜らねばならぬほど大きく、長元坊でさえも見上げたほどだ。

「親分、お呼びですかい」

「おうよ、そちらのお客人におとなしく帰えってもらえ」

「へえい」

どしん、どしんと、わざと床を踏みつけながら近づいてくる。

「おれに脅しは通用しねえぜ」

長元坊は横を向き、ぺっと唾を吐いた。

力丸の右腕が上から伸び、媚茶《こびちゃ》の襟首《えりくび》を摑《つか》んでくる。

ぐいっと片手で持ちあげられ、長元坊は両足を宙に浮かせかけた。

「ぬぐっ……ぐぐ」

首を絞《し》められ、息ができなくなる。

「げっ、みちゃいられねえ。鶍の旦那、何とかしてくれ」

中に入ってきた甚太郎に背中を押され、又兵衛はゆらりと身をかたむけた。

力丸が襟首を摑んだまま、太い首を捻《ひね》ってくる。

「ふん」

刹那《せつな》、又兵衛は跳ねた。

飛蝗のように二間余りも跳ね、中空《ちゆうくう》で刀を抜きはなつ。

「きょっ」

一閃《いっせん》、力丸が白目を剝いた。

長元坊のからだが、どさっと三和土《たたき》に落ちる。

「うえっ」

驚きの声をあげたのは、万蔵であろう。

又兵衛の繰りだした刃引刀《はびきとう》は、大男の首筋を瞬時に叩いていた。

——どしゃっ。

力丸は大の字になって床に倒れ、地響きとともに埃《ほこり》が濛々《もうもう》と舞いあがる。

「げほっ、ぐえほっ」

長元坊も万蔵も若い衆も、袂《たもと》で口をふさぎながら激しく咳《せ》きこんだ。

我に返った万蔵の鼻先には、丸みを帯《お》びた刃引刀の先端がある。

「悪いことは言わぬ。おちよを返せ」

又兵衛は耳許で囁き、刃引刀を素早く鞘に納めた。

「おい、誰か娘を連れてこい」

口をひん曲げた万蔵に指図され、乾分のひとりが奥へ引っこむ。

しばらくすると、着の身着のままのおちよが連れてこられた。

又兵衛を目にしても、からだの震えを止めることができない。

「おちよ坊」

甚太郎のすがたをみつけ、ようやく顔に生気が戻った。

長元坊が乱れた襟を直し、嗄《しゃが》れた声で万蔵に言いはなつ。

「宗竹に伝えておけ。逆らっても無駄だとな」

「くそっ、おぼえてやがれ」

万蔵が口惜しげに捨て台詞を吐いた。

「宗竹にゃ後《うし》ろ盾《だて》がいるんだ。町奉行所の木っ端《こ》《ぱ》役人なんざ、屁でもねえ。目にものみせてやっから、首でも洗って待ってろ」

「何だと、この」

むきになる長元坊の腕を取り、又兵衛は引きよせる。

「相手になるな。行くぞ」

万蔵は若い衆に桶を持ってこさせ、力丸の顔に水をぶっかけた。

「ぷはっ」

力丸は鯨《くじら》のように水を吹き、がばっと身を起こす。

甚太郎に背中を押され、急いで敷居の外へ出た。

「旦那方、長居は無用でござんすよ」

万蔵の怒鳴り声が追いかけてくる。

「塩でも撒《ま》いとけ」

「ぬがっ」

力丸の恐ろしげな唸《うな》り声を背中で聞きながら、又兵衛たちは大路へ逃れていった。

六

宗竹には後ろ盾がいるという。

万蔵の捨て台詞が、少しばかり気になった。

「どうせ、口からでまかせの強がりさ」

長元坊はうそぶいてみせる。そうであればよいがとおもいつつ、おちよが父親の孫次郎と暮らす小網町《こあみちよう》の裏長屋へ向かった。

日本橋川に架かる江戸橋《えどばし》を渡り、さらに、荒布橋《あらめばし》、思案橋《しあんばし》と、堀留《ほりどめ》の入口に架かる橋を何本か渡っていかねばならない。鎧《よろい》の渡《わた》しの桟橋《さんばし》から見上げて右にやや外れた土手のさきに朱の剝げた鳥居が立っており、鳥居を潜ったさきに貧乏人たちが肩を寄せあって暮らす棟割《むねわり》長屋があった。

「鳥居《とりい》長屋でござんす」

鳥居は稲荷明神《いなりみようじん》を信奉《しんぼう》する大家が自前で建てた。ただし、住人のなかでご利《り》益《やく》を信じている者はひとりもいないらしい。

甚太郎は二度ほど訪れたことがあるらしく、溝板《どぶいた》を踏みながら、又兵衛と長元坊を奥へと導いていった。両刀差しの役人がめずらしいのか、薄汚れた洟垂れどもは集まってくるものの、年寄りや嬶《かか》ぁたちは関わりを避けるように目を合わせようともしない。

おちよは甚太郎に代わって先頭に立ち、肥溜《こえだ》めに近いどんつきの部屋に向かった。

腰高障子《こしだかしょうじ》は開いており、人の気配も感じられる。

「おとっつぁん、戻ったよ」

おちよは声を張り、元気なすがたをみせようとした。

やにわに、欠け茶碗が飛んでくる。

「てめえ、何しに戻ってきやがった」

怒鳴った拍子《ひょうし》に土間へ転げおちたのか、孫次郎は這《は》うように外へ出てきた。

酒を浴びるほど呑み、正体をなかば失っている。

「うっぷ、酒臭えな」

甚太郎も長元坊も鼻を摘《つ》まんだ。

孫次郎は前をはだけた恰好《かっこう》で、三白眼《さんぱくがん》に睨みつけてくる。

又兵衛をみても何の反応もしめさず、おちよのほうに弱々しく左手を差しだした。

「……く、廓抜《くるわぬ》けでもしてきたのか」

「ちがうよ、おとっつぁん、こちらの親切なお方が助けてくだすったんだよ」

「けっ、嘘《うそ》を吐《つ》くな。侍《さむれ》えが貧乏人の娘を助けるわけがねえだろうが」

「ほんとうなんだよ。ちゃんと御礼を申しあげて」

「ふん、信じるか、そんなはなし……」

孫次郎は地べたに胡座《あぐら》を掻《か》き、ふてくされてみせる。

「……どうせ、下心があるに決まってらあ」

「世の中にはね、親切なお侍もいなさるんだよ。これを機に、おとっつぁんも性根を入れかえておくれ」

「あんだと、親に説教垂れんのか」

孫次郎は介抱《かいほう》しようと近づく娘の手を振りほどき、赤いほっぺたにぱしっと平手打ちをくれた。

「おいおい、どうしようもねえ父親だな」

長元坊が身を寄せ、孫次郎の胸倉を摑む。

「……い、痛え」

　右腕を痛がったので、手を放してやった。

「そうか、力丸に折られちまったんだっけな」

「くそっ、てめえもあいつらの仲間か」

「いっしょにすんな。いい加減、目を覚ませ。それにしても、稼ぎもねえのに何で酒が呑めるんだ」

「酒なんざ、つけでいくらでも呑める」

「月末になれば、自分の首を絞めることになるんだぜ。おめえは娘の稼いだ銭を呑み代で使いはたし、挙《あ》げ句《く》の果ては座頭金に手を出した。娘を借金のカタに取られ、岡場所へ沈められるところだったんだぜ。おれにゃ、おめえが屑《くず》にしかみえねえ。そんなふうになって、恥ずかしかねえのか」

「……い、言われなくても……わ、わかってらあ」

　仕舞いには泣きだし、洟水《はなみず》を垂らしてしゃくりあげる。

「困った父親だな。この調子じゃ、同じことの繰りかえしだぜ」

「すみません、ほんとうにすみません」

　おちよは深々と頭を下げ、くいっと顔をあげた。

「でも、おとっつぁんは、立派な絵師なんです。襖絵を描かせれば、誰にも負けないんです」

必死に訴える娘の健気《けなげ》さに絆《ほだ》され、又兵衛はおもわず漏らした。

「描いた襖絵を観てみたいものだな」

「よろしければ、ご案内いたします」

飯倉狸穴《いいぐらまみあな》の西琳寺《さいりんじ》という禅寺《ぜんでら》に行けば、襖絵を観ることができるという。

鼾《いびき》を掻きはじめた孫次郎を部屋に戻して寝かせ、四人は鳥居の外へ出た。

薄暗い西の空を、つがいの鴉《からす》が飛び去っていく。

「今から飯倉はしんどいな」

道程《みちのり》にすれば一里半ほどだが、途中から急な霊南坂《れいなんざか》の上り下りや真っ暗闇の我《が》善坊谷《ぜんぼうだに》を抜けていかねばならない。そもそも、寺のある狸穴が地名のとおりに狸《たぬき》か狢《むじな》しか出ぬような淋しいところで、長元坊が気後《きおく》れするのも無理はなかった。

それでも、襖絵を観たいという気持ちは抑《おさ》えきれない。

一行は東海道《とうかいどう》に沿って京橋から新橋《しんばし》へ向かい、新橋を渡って右手に折れ、虎御《とらご》門《もん》前を経由して霊南坂へ向かった。その頃にはすっかり陽も落ち、坂からの眺《ちょう》望《ぼう》を楽しむこともできなくなる。さらに、急坂《きゆうはん》を上って下り、麻布市兵衛町《あざぶいちべえちよう》から我善坊谷へ達した頃には、辺りは漆黒の闇と化していた。

心許《こころもと》ない提灯《ちようちん》の灯《あか》りを頼りに、どうにか狸穴坂《まみあなざか》までやってくる。

この辺りにはたしか、菊の花で鶴や帆掛《ほか》け船《ぶね》を作ってみせる植木屋があり、重陽《ちようよう》の節句《せつく》になれば見物客が押しよせることでも知られていた。だが、坂道に人影はひとつもなく、耳を澄《す》ませば山狗《やまいぬ》の遠吠《とおぼ》えだけが聞こえてくる。

「あちらです」

おちよは坂の中腹で立ち止まり、古びた山門《さんもん》を指差した。

なるほど、門構えだけをみれば、由緒《ゆいしよ》ある古刹《こさつ》のおもむきが感じられる。

脇の潜り戸はいつも開いており、勝手に内へ入ることができるらしい。

おちよに導かれるがままに、三人は門の内へ潜《もぐ》りこんだ。

遅い刻限でもないので、宿坊《しゆくぼう》の灯りは点《つ》いている。

おちよが入口で案内を請《こ》うと、顔見知りの寺男が応対にあらわれ、しばらく外で待っていると、袈裟《けさ》を纏《まと》った年寄りの住職があらわれた。

「是空《ぜくう》さまであられます」

住職を紹介するおちよにさえも、威厳のようなものが漂いはじめる。

　是空は目を細め、口を開いた。

「孫次郎の描いた襖絵が観たいと仰《おお》せか。まあ、一人娘のたっての願いなら、無《む》下《げ》にもできまい」

　又兵衛は身分を告げ、襖絵を観にきた経緯をかいつまんで説いた。

　是空は眉ひとつ動かさずにはなしを聞き終え、ありがたいことに、みずから案内してくれるという。

　四人は是空の背にしたがい、まずは本堂に向かった。

　履き物を脱いで板の間にあがり、御本尊《ごほんぞん》の釈迦如来《しゃかにょらい》を拝《おが》む。

　さらに、奥の廊下へと進み、枯山水《かれさんすい》の庭をのぞむ庫裏《くり》のひとつへやってきた。

　是空にあらかじめ命じられ、長元坊と甚太郎は手燭《てしょく》を携えている。

　手燭の炎を部屋の四隅に置かれた行燈《あんどん》に移し替えるや、突如《とつじょ》、正面の襖絵がぶわっと浮かびあがった。

「おお」

　長元坊が驚きの声をあげる。

　又兵衛は息を呑み、ことばを失った。

「対《つい》の虎じゃ」

眼前に迫ってくる。

襖から今しも、飛びだしてきそうなほどだ。

「太閤《たいこう》さまも仰け反るほどの出来栄《できば》えであろう」

「……い、いかにも」

数々の襖絵を観てきたが、これほど心を動かされた絵はなかった。

「絵師を紹介してほしいと、誰もが言うてくる。されど、拙僧は笑って応じぬ。描けぬことがわかっておるからじゃ。孫次郎がこの絵を描いたのは三年前のはなし。長らく運に恵まれず、埋もれておったが、あやつの才を見抜いた檀家《だんか》に紹介され、ためしに虎を描かせてみた。ご覧のとおり、見込んだ以上の出来栄えじゃった。されど、おちよのまえで言いたくはないが、ろくに物も食わずに対の虎を描き終えたその日、孫次郎はおつやという伴侶《はんりょ》を失った。胸の病じゃった。誰よりも虎の絵をみせてやりたかったであろうに、最愛の伴侶に先立《た》たれ、孫次郎は酒に溺れた。何度か立ちなおる機会を与えたが、どうしても根気がつづかぬ。これほどの絵を描こうとすれば、何より根気が必要じゃ。酒を断ち、おつやのことも忘れて精魂《せいこん》込めねばならぬのに、それがまだできぬ」

是空は虎を睨み、淡々《たんたん》と喋りつづける。

「じつはつい先だって、最後の機会を与えた。狸穴坂の西には、寺社奉行であられる松平周防守《まつだいらすおうのかみ》さまの御下屋敷があってな、お忍びで虎をご覧になったお殿さまから御上屋敷の御座所《ござしょ》に飾る襖絵を描いてほしいと、お願いされたのじゃ。これほどの名誉は二度とあるまいと、孫次郎を呼びつけて懇々《こんこん》と諭してやった。あやつは伽藍《がらん》で三日のあいだ座禅《ざぜん》を組み、死ぬ気で描くと誓いおった。されど、誓った翌日、借金を取りにきた連中に利き腕を折られた。身から出た錆とは申せ、よくよく運のない男じゃとおもうたわ。孫次郎はおそらく、二度と絵を描けぬであろう」

「是空さま」

「おちよ、おぬしには酷なはなしかもしれぬ。されど、仏は見守ることしかできぬのじゃ。孫次郎はおのれ自身の力で立ちなおるしかない。地獄の底からでも這いあがってくる気概がなければ、このまま埋もれていくしかなかろう」

又兵衛は駄目元で問うてみた。

「住職どの、松平周防守さまのおはなし、お断りになられたのでしょうか」

「いいや、まだじゃ。されど、利き腕が使えぬ以上、未練は早々に断ち切らねばなるまい。描けぬものは描けぬゆえな」

「もう一度だけ、機会を与えてやってはもらえませぬか」

熱の籠《こ》もった又兵衛のことばに、是空は不思議そうに首をかしげた。

「腕が治るまで、周防守さまに待っていただけと。それはできぬ。御上屋敷の手直しが待ったなしで進んでおるゆえな」

「そこを何とか。数日でも延ばしていただけませぬか」

是空は眸子を細め、長々と溜息を吐いた。

「何故、貴殿がそこまで」

「この絵を観てしまったからにござります」

「さようか。まあ、これだけの絵を描く者を埋もれさせておくわけにはいかぬと、心ある者は考えような。貴殿のおもいにこたえたいのは山々じゃが、拙僧の一存では決められぬ。されど、駄目元で御家老さまに頼んではみよう」

「ありがとう存じます」

かたわらに目を落とせば、おちよが冷たい畳に両手をついている。

父の再起を誰よりも願っているのは、岡場所に売られかけた娘にちがいない。

ふっと、部屋の灯りが消えた。

闇に沈んだ虎の眼光が、鈍《にぶ》い光を放ったようにおもわれた。

七

重陽の節句には高きに登り、菊の花びらを浮かせた温酒《あたためざけ》を酌《く》みかわす。

又兵衛も唐土《もろこし》の風習にしたがい、義父の主税《ちから》をともなって大屋根にあがり、菊酒を呑んだ。

「高楼《こうろう》と申せば、吉原《よしわら》の妓楼《ぎろう》であろう。何故《なぜ》、わしを連れていかぬ」

まだら惚けの主税は駄々をこね、妻の亀《かめ》を遣《や》り手婆《てばば》とまちがえて、心付けを手渡そうとする。亀はわきまえたもので、おありがとう存じますと応じ、銭を頭上に掲げて引っこんだ。入れ替わりにあらわれた娘の静香が、太夫《たゆう》のふりをしてひと差し舞ってみせると、主税は満足したように鼾を掻きはじめるのだった。

晩のうちに庭の鉢植《はちう》えを引きよせ、菊の花に綿《わた》をちぎって載せておく。翌朝、朝露《あさつゆ》で湿った綿を摘まんで顔を拭《ぬぐ》えば、老いを去らしむことができると信じられていた。着《き》せ綿《わた》は武家でも町家でもおこなわれる年中行事のひとつ、静香と亀は綿を何度も摘まみ、顔を念入りに拭った。

一方、又兵衛はいつもどおり、主税を連れて湯屋へ向かわねばならない。静香と亀は馴れたもの、玄関の上がり端に並んで三《み》つ指《ゆび》をつき、晴れ晴れとした顔つきで「ごゆっくり」と言って送りだす。

主税は威厳を込めて「行ってまいる」などと応じ、途中までは東海道を上るかのような足取りで闊歩《かつぽ》するのだが、湯屋がみえてきた途端、借りてきた猫のようにおとなしくなった。

「婿《むこ》どの、お世話になって申し訳ない」

突如として正気に戻り、涙目で殊勝《しゆしよう》な台詞を漏らす。

もちろん、又兵衛は婿ではない。零落《れいらく》した旗本一家を屋敷に住まわせてやり、少なくとも暮らしていけるだけの面倒はみている。だが、正直なはなし、婿でも家来でも何でもよかった。亡くなった実父の面影《おもかげ》を主税に重ねあわせ、胸を熱くさせながら湯屋の暖簾を振りわける。

馴染みにしているのは、霊岸島《れいがんじま》の『鶴之湯《つるのゆ》』だった。朝風呂は不浄役人の特権、八丁堀にも湯屋は何軒かあるものの、知った顔と鉢合《はちあ》わせしたくないので、わざわざ亀島川《かめじまがわ》を渡って霊岸島まで足を延ばす。それは独り身の頃から変わらぬ習慣ゆえ、番台に座る庄介《しようすけ》とも馴染みの仲だ。

「旦那、おはようさんで」

「おはよう」

「大旦那さまもお変わりなく」

番台から挨拶《あいさつ》され、主税は生気を取りもどす。

「おぬしは槍持ちか」

などと発し、庄介を苦笑させるのだ。

手っ取り早く着物を脱ぎ、誰もいない洗い場で掛け湯を浴びる。

風呂の入り方はわかっているので、いちいち手伝う必要はない。

主税はさっさと石榴口《ざくろぐち》を潜り、濛々と湯気の立ちこめるなか、湯船へと向かう。そして、挑《いど》むように身構え、熱々の一番風呂に爪先から順々に浸《つ》かっていった。

「ふわああ」

首まで浸かり、おもわず声を漏らす。

それは又兵衛もいっしょで、この瞬間のために生きているのだという気さえした。

「おぬし、悩み事でもあるのか」

唐突《とうとつ》に、主税が問うてくる。

まだら惚けとは厄介なもので、時折、正気に戻るときがあった。

けた。
「悩みがあるなら申してみよ」
「はあ、じつは、絵を描けぬ絵師がおりましてな」
西琳寺で襖絵を観たはなしをすると、主税はうなずきながら重々しく言っての
「おぬしが何を申したところで、孫次郎とやらには響くまい。まだ、落ちるとこ
ろまで落ちておらぬのだ。落ちるところまで落ちて気が満ちれば、どのような手
を使ってでも描こうとする。それが絵師というものじゃ。仇討《かたきう》ちにのぞんだ侍
は、何としてでも仇を討とうとするであろう。右手を断たれたら左手で、両手を
失っても刀を口に咥《くわ》え、地べたに這いつくばってでも本懐《ほんかい》を遂《と》げようとする。そ
れと同じこと、気が満ちれば、孫次郎はきっと描きだすはずじゃ」
得心《とくしん》がいった。
「かたじけないおことば……」
礼を言いかけるや、主税はぶくぶくと湯船に沈んでいく。
「義父上《ちちうえ》っ」
又兵衛は湯を漕《こ》いで近づき、主税のからだを引きあげた。
石榴口から洗い場へ逃れると、茹《ゆ》で蛸《だこ》のように赤くなっている。どうやら、の

ぼせてしまったらしい。

番台の庄介を呼び、板の間に寝かせて団扇《うちわ》で扇《あお》ぐ。

幸いだいじにはいたらず、屋敷に連れ帰ってみると、ちょうどそこへ、甚太郎が血相を変えて駆けこんできた。

「鶍の旦那、てえへんだ。稲荷堀《とうかんぼり》に座頭が……そ、宗竹の屍骸《むくろ》が浮かんだ」

「何だと」

ぽかんとする主税を玄関まで送り、着流し姿で甚太郎の背につづく。

稲荷堀は小網町のさきだが、江戸橋から迂回《うかい》するのも面倒なので、鎧の渡しから小舟に乗って対岸へ渡った。

行徳河岸《ぎょうとくがし》から小網町二丁目の堀留まで、稲荷堀は南北に細長く延びている。

異様な屍骸がみつかったのは、堀留のそばだった。

近づいていくと、先着した長元坊が手をあげる。

「こっちこっち」

すでに、人垣ができていた。

野次馬《やじうま》を掻き分けて前へ出ると、宗竹らしき屍骸が戸板の上に寝かされている。

屍骸はひとつではない。戸板の脇に、白い女の屍骸が横たわっていた。

「おえんだ。ふたりは、戸板の表と裏に五寸釘で打ちつけられていたそうだ」

と、長元坊が険しい顔で言った。

「退《さ》がれ、近づくな」

唐桟縞《とうざんじま》の黄八丈《きはちじよう》に黒羽織《くろばおり》の同心が両手を広げ、野次馬を後ろに退げさせている。

定町廻《じようまちまわ》りの桑山大悟《くわやまだいご》、又兵衛が手柄を譲ったことのあるぼんくら同心だった。

「金貸しと妾の屍骸、釘打たれ」

桑山は罰当《ばちあ》たりにもへぼ句を詠《よ》み、戸板のそばに屈みこむ。目を瞑って両手を合わせ、またひとつへぼ句を口ずさんだ。

「流れつく戸板一枚、座頭金。ふん、こっちのほうがいいな」

又兵衛は音も無く近づき、後ろから声を掛けた。

「おい、でえご。何をぶつぶつ唱《とな》えておる」

「えっ、あっ、平手さま」

「屍骸をみつけたのは誰だ」

「夜廻りの番太郎《ばんたろう》だそうで」

「殺《や》った者の見当は」

「さあて。何せ、大勢の恨みを買っていたでしょうからね」

「わざわざ戸板に張りつけた狙いは何だとおもう」

「みせしめかもしれません。阿漕な高利貸しは、こうなるという」

ぼんくら同心はどうやら、宗竹に金を借りた者の仕業《しわざ》と決めつけているようだ。もちろん、その線で考えるのが定石《じょうせき》かもしれぬ。借金を踏み倒すために宗竹を殺《あや》め、殺しを目にしたおえんも亡き者にした。そういう筋書きだ。

「又、ちょいとみてくれ」

長元坊が手招きした。

「宗竹の右腕、明後日《あさって》のほうに向いてねえか」

又兵衛は躊躇《ためら》いもせず、屍骸の右腕を摑んで動かす。

「骨が折れておるな」

「折ったのは力丸かも」

「おい、鍼医者」

聞き耳を立てていた桑山が、長元坊に食ってかかる。

「力丸ってのは誰だ」

又兵衛が割ってはいり、こたえてやった。

「宗竹に雇われた破落戸のことだ」

力丸が宗竹の死に関わっているとするならば、大いに疑念が残る。獅子口の万蔵や力丸にとって、宗竹は失いたくない金蔓《かねづる》のはずだ。

「報酬を渋って、揉めたのかも」

「ふうむ」

ここからさきは、いくら考えても当《あ》て推量《ずいりょう》でしかない。

又兵衛は襟元を開き、刃物傷がないか調べた。

「ん」

左胸に刺し傷がある。

刀傷にしては小さすぎるが、致命傷になった傷にちがいない。

おえんのほうも調べてみると、やはり、左胸に同じような刺し傷が見受けられた。

「宗竹の腕を折ったあとに、ふたりとも刺したってことか」

長元坊も覗きこんでくる。

あるいは、腕を折ったことと殺しは別なのかもしれない。

考えあぐねていると、甚太郎が宗竹の口許《くちもと》を指差した。

「口から何か覗いていますぜ」

桑山が手を伸ばし、細長いものを引きずりだす。

「何だ、これ」

茎《くき》のようだった。

「それは菊だな。でえごよ、一句できたぞ」

又兵衛が水を向けると、桑山は襟を正す。

「伺いましょう」

「されば。口に茎、十日の菊は役立たず」

「お見事」

悪戯《いたずら》にしては手が込んでいる。重陽の節句の翌日に咲く菊は、時季の外れた役立たずの象徴でもある。殺った者の意図するところが「十日の菊」ならば、宗竹は役立たずだと暗に仄《ほの》めかしたとも受けとられた。

「いったい誰が、何のために」

疑念を解く鍵は、やはり、獅子口の万蔵になろう。

例繰方が首を突っこむ一件ではないものの、又兵衛は宗竹とおえんが殺められた真相を知りたくなった。

八

座頭殺しの噂は瞬《またた》く間《ま》にひろまり、奉行所内でも役人たちの口の端《は》にのぼった。戸板の表と裏に妾ともども釘で打ちつけられた異様さが耳目《じもく》を惹いたのだろう。ただし、張りきって調べに乗りだした桑山大悟には、上から待ったが掛かった。

「座頭は寺社奉行の支配ゆえ、探索は無用と心得よ」

しかつめらしく申し渡しを徹底させたのは、内与力の沢尻玄蕃であった。廻り方同心のなかでも、定町廻り、臨時廻《りんじまわ》り、隠密廻《おんみつまわ》りの三廻《さんまわ》りは奉行直属なので、沢尻が奉行に代わって差配しなければならない。聞けば、四人いる寺社奉行のなかで筆頭格とされる松平周防守康任《やすとう》のもとから使者が寄こされ、沢尻にわざわざ「探索無用」の申し出があったらしい。

松平周防守といえば、西琳寺の虎に魅《み》せられ、孫次郎に襖絵を描かせようとしている殿さまである。又兵衛は因縁《いんねん》を感じるとともに、動きを封じようとする相手への警戒を強めた。

それでも、あっさり引きさがる気はない。

手柄をあげようとかそういうことではなく、これは癖《へき》と言うしかないもので、雪駄をきちんと揃えたり、文筥のかたむきを直したり、落ちた天水桶を元に戻したりする行為のひとつだった。

それゆえ、常人には理解できない。何故、益もない調べをつづけようとするのか。みつかれば叱責《しっせき》どころか、罰せられるかもしれぬのに、何故、あきらめようとせぬのか。そんなふうに問われても、おそらく、又兵衛は「生まれつきの性分ゆえ、放っておいてくれ」としか応じられなかった。

ともあれ、慎重にならねばと胸に言い聞かせ、ひとりで万蔵のもとへ向かった。

宗竹の屍骸を検屍《けんし》してから三日後、夕刻のことである。

派手な太鼓暖簾を横目にしながら、又兵衛は角屋敷の敷居をまたいだ。

先日と変わらず、破落戸どもが屯しており、獅子口の万蔵は格子《こうし》に囲まれた帳場にでんと構えている。招かれざる客にちがいなかろうが、万蔵はこちらのすがたをみとめても顔色ひとつ変えない。

「例繰方の与力さまじゃありやせんか」

予想外に丁重《ていちょう》な物腰で応じてくる。力丸を一刀で封じた腕前を恐れているのだろう。

上がり端に座ると、若い衆が茶まで運んできた。

「ふうん、先日とはずいぶん扱いがちがうな。首でも洗って待ってろとほざいた威勢はどうした」

「茶ぐれえは出しやすよ」

又兵衛は湯呑《ゆの》みを取り、ずずっとひと口啜って顔を歪《ゆが》めた。

「渋いな」

「へへ、出涸《でが》らしよりましでござんしょう。ところで、今日は何のご用事で」

「宗竹殺しに決まっておろう。この目で屍骸をみたのだぞ。宗竹は右腕を折られておった」

「力丸を疑っておいでで。たしかに、力丸に命じて、宗竹の腕を折らせやしたよ。あの野郎、報酬を渋りやがったもんでね」

「殺めてはおらぬと」

「あたりめえだ。ちょいと痛めつけてやっただけのことさ。おえんともども稲荷堀に浮かんだと聞いて、驚いたの何のって……宗竹とおえんは、心ノ臓をひと突きにされていたって聞きやしたぜ」

「誰に聞いた」

「へへ、蛇《じゃ》の道はへびでござんすよ」

万蔵は煙管の火口《ほくち》に火を点け、すぱすぱやりはじめる。揺れながら立ちのぼる紫煙《しえん》を眺《なが》め、又兵衛は口を開いた。

「宗竹には後ろ盾がいると、おぬしは言ったな。誰のことだ」

「そんなこと言いましたっけ。おぼえてねえなあ」

「とぼけるのか」

「ええ、とぼけやすよ。逆しまに伺いやすけど、旦那はどうして座頭殺しに首を突っこみなさるんです。宗竹がいなくなりゃ、孫次郎やおちよも大助かりじゃござんせんか。へへ、ほかにも喜んでいるやつは大勢いるはずだ。宗竹は阿漕な金貸し。金を借りた連中の誰かに恨まれ、命を縮めたにちげえねえ。あっしは、そうみておりやすがね。へへ、そろそろ仕舞いにしてもよろしゅうござんすか。物好きな与力の旦那と世間話している暇《ひま》はねえもんで」

「邪魔したな」

立ちあがったところへ、黒羽織の侍がひとりやってきた。

齢は四十のなかば、猪首《いくび》でごついからだつきをしている。

「あっ、梅津《うめづ》さま」

万蔵は追従《ついしよう》笑《わら》いを浮かべ、梅津なる侍を差し招こうとする。

梅津は雪駄を脱ぎ、板の間にあがったところで首を捻った。

「おぬしは何者だ」

上から誰何《すいか》され、又兵衛は指で月代を掻く。

「別に、名乗るような者では」

言いかけたところへ、かぶせるように問うてくる。

「何者かと尋ねておる」

少し腹が立ったので、又兵衛は声を張った。

「ご自分からさきに名乗ったらいかがです」

「ふん、生意気なやつめ。わしは梅津左兵衛《さへえ》、松平周防守さま配下の吟味《ぎんみ》物調《ものしらべ》役《やく》じゃ」

動揺しつつも、又兵衛は名乗った。

「南町奉行所の例繰方与力、平手又兵衛にござります」

「やはりな、不浄役人だとおもうたわ。ここで何をしておる」

こたえに詰まると、万蔵が笑いながら口を挟んだ。

「座頭殺しを根掘り葉掘り、聞いてまわっているんですよ」

「まことか。南北町奉行所には通達したはずじゃ。座頭殺しは寺社奉行の差配ゆえ、探索無用とな」

「存じております」

「ならば、何故、首を突っこもうとする。しかも、吟味方でもないくせに、何を嗅ぎまわっておるのだ」

「行きがかり上、万蔵のもとへまいったまで。座頭殺しは探索いたしませぬゆえ、お気になさらぬよう」

「いいや、見過ごせぬ。おぬし、もしや、隠密廻りか」

「とんでもない」

言下に否定すると、眉をしかめてくる。

「怪しいな。平手又兵衛という名は、頭に入れておこう」

梅津は言い捨て、万蔵に導かれて奥へ消えた。

「怪しいのはそっちのほうだ」

又兵衛は低声《こごえ》で漏らし、素早く外へ逃れる。

いったん角屋敷から離れ、途中で踵を返した。

やはり、このまま放っておくわけにはいかない。通りを隔てたさきの物陰に隠れ、角屋敷の出入り口を見張ることにした。

もしかしたら、万蔵の言った「後ろ盾」とは、梅津のことかもしれない。そんな予感がはたらいたのだ。

吟味物調役は寺社奉行のもとで公事《くじ》を扱う役人だが、石見国浜田《いわみのくにはまだ》藩の藩主でもある松平周防守の家臣ではない。幕府の評定所から出向いた幕臣にほかならず、世間知らずの藩士たちの上に立って煩雑《はんざつ》な役目を取りしきる。寺社や寺社領の差配から僧尼《そうに》や神主《かんぬし》への指導、連歌《れんが》や囲碁将棋《いごしょうぎ》や古筆《こひつ》を司《つかさど》る役所から座頭の属する当道座《とうどうざ》の差配や公事にいたるまで、多岐《たき》にわたる役目をそつなくこなさねばならない。

たいていは、経験と手腕のある者が抜擢された。役目の内容からして大名家の家臣では歯が立たぬだけに、殿さまや重臣たちから重宝がられ、大きな権限も与えられている。優《すぐ》れた吟味物調役は寺社奉行が代わっても留めおかれ、新たな寺社奉行のもとで強権をふるうこともままあった。

梅津が手強い相手であることに変わりはない。

賢明な町奉行所の役人なら、下手《へた》に関わりを持たぬようにするのだろうが、又兵衛はちがった。誰もみていないところで闘志を燃やす。これもまた生まれついての性分なので詮方あるまい。

——ごおん。

暮《く》れ六《む》つ（午後六時頃）の鐘が鳴り、辺りは薄暗くなっていった。

今宵は長月《ながつき》十三日、後《のち》の月《つき》を愛《め》でるべく、屋敷では月見の仕度をしているはずだ。栗名月《くりめいげつ》の異名もあるとおり、三方に栗や衣被《きぬかつ》ぎや枝豆《えだまめ》を供《そな》え、薄《すすき》で飾る。静香も亀も楽しみにしているだろうが、ここまできてあきらめるわけにはいかない。

しばらく張りこんでいると、梅津が表口から出てきた。

見送りの万蔵たちが引っこむのを待ち、梅津の背中に従《つ》いていく。

役宅でもある浜田藩の上屋敷は外桜田《そとさくらだ》にあるので、大路に出たら左手に折れねばならぬのに、梅津は右手に折れて、そのまま日本橋を渡っていった。

室町《むろまち》を過ぎたところで、右手の小道へ向かう。

魚河岸《うおがし》へも通り抜けできる浮世小路《うきよしようじ》にほかならない。

小路の途中には、卓袱《しつぽく》料理を出す『百川』という料理茶屋があった。金持ちの商人が幕府の役人や大名家の留守居役《るすいやく》などを接待するところなので、いつも辻陰に送迎の宿駕籠《やどかご》が何挺《なんちょう》か待機している。

今の時節ならば、茸尽《きのこづ》くしか、それこそ、河豚刺《ふぐさし》や河豚鍋を堪能《たんのう》できるにちがいない。

おもったとおり、梅津は『百川』の暖簾を潜った。

おそらく、接待されるほうであろう。

あるいは、悪党同士の密談かもしれない。

借金取りの万蔵との親密ぶりを目にしたときから、梅津は悪人だろうと決めつけていた。

宗竹殺しについても、関わっていないとは言いきれない。そうした推察をあきらかにするためにも、梅津を招いた先客の正体を知りたいとおもった。

振りあおげば、わずかに欠けた月が輝いている。

今から急いで帰れば、ささやかな月見の宴《うたげ》に間に合うだろう。

残念だが、今宵はあきらめるしかあるまい。

静香の泣き顔を頭に浮かべ、又兵衛は口をへの字に曲げた。

「すまぬな」

声に出して謝り、物陰にじっと潜《ひそ》みつづける。

半刻（約一時間）、一刻（約二時間）と過ぎ、亥ノ刻《いのこく》（午後十時頃）を報《しら》せる鐘音も聞いた。

町木戸は閉まり、夜廻りの拍子木《ひょうしぎ》が響いてくる頃合いだ。

ようやく表口が騒がしくなり、梅津左兵衛があらわれた。

酔っているのか、赭ら顔《あかがお》で女将《おかみ》に抱きつこうとする。

女将は上手にあしらい、滑りこんできた宿駕籠に乗せてやった。

どうせ、帰るさきは外桜田の上屋敷であろう。

威勢よく走りだす宿駕籠を見送り、さらに待っていると、今度は先客らしき人物が女将に手を引かれてあらわれた。

錣《しころ》付きの焙烙頭巾《ほうろくずきん》をかぶり、絹地《きぬじ》の被布《ひふ》を纏い、手にした杖《つえ》で行き先を探っている。

盲人なのだ。もちろん、身分の低い座頭ではない。

「河豚は絶品だった。また、寄らせてもらうよ」

先客はそう言い残し、みずから駕籠に乗りこんでいく。

提灯を手に近づいたのは、従いてきた小者であろうか。

小者のほかにもうひとり、痩せた侍が駕籠脇に従いた。
用心棒かもしれない。油断のできぬ身のこなしだ。
宿駕籠が走りだしても、女将は頭を下げつづけている。
やはり、よほどの上客なのであろう。
又兵衛は物陰から抜けだし、駕籠尻を慎重に追いかけはじめた。

九

月影は煌々《こうこう》と行く手を照らしている。
宿駕籠は本町大路《ほんちょうおおじ》をまっすぐに進み、長大な両国橋《りょうごくばし》をも渡りきった。
さらに、橋詰めの右手から本所《ほんじょ》の一ツ目之橋《ひとつめのはし》を渡り、弁天社《べんてんしゃ》の手前を通りすぎる。
そして、隣に建つ広大な屋敷の門前で止まり、客を降ろして取って返した。
盲人の客は小者に手を引かれて門の潜り戸を抜け、痩せた侍も消えていく。
絵図を確かめずともわかった。
関八州《かんはっしゅう》の盲人を統轄《とうかつ》する惣録屋敷《そうろくやしき》なのだ。
惣録屋敷の主《あるじ》はたしか、杉崎検校《すぎさきけんぎょう》である。

当道座と称する座には、検校、別当《べっとう》、勾当《こうとう》、座頭など七十三もの位があり、高位を得るためには多額の賄賂を包まねばならない。最下位の座頭たちは少しでも位をあげるべく、せっせと高利貸しに勤《いそ》しんでいるのである。

そうした盲人たちの頂点に君臨《くんりん》するのが、杉崎検校にほかならなかった。

寺社奉行との関わりは深いので、吟味物調役の梅津を宴席《えんせき》に呼んでも不思議なはなしではない。だが、又兵衛は悪事の臭《にお》いを嗅ぎとっていた。

「今宵はここまでにしておくか」

一ツ目之橋に戻り、寒そうに背を丸めて両国橋の橋詰めへ向かう。

――火の用心さっしゃりませ。

夜廻りの声と拍子木の音が、回向院《えこういん》のほうから聞こえてきた。

川面《かわも》の月を案内に立て、長い橋を渡るべく気合いを入れる。

突如、横合いから突風が吹いてきた。

月影と見誤ったのは白刃《はくじん》の残光、痩せた人影が眼前に迫ってくる。

「ぬくっ」

初太刀《しょだち》が真横から首を裂きにかかった。

身を捻って避けるや、八相《はっそう》から二の太刀が振りおろされる。

――ぶん。

凄《すさ》まじい刃風《はかぜ》だ。

又兵衛は立《た》ち居合《いあい》で抜刀《ばっとう》し、下からおもいきり弾《はじ》き返す。

――きゅいーん。

百舌鳥《もず》の鳴き声に似た刃音が響き、相手はぱっと身を離した。

筒袖《つつそで》に溝染《どぶぞ》めの伊賀袴《いがばかま》、刺客でございと言わんばかりの恰好だ。

面相は細長く、蟷螂《かまきり》に似ている。

もちろん、駕籠脇に従いていた検校の用心棒にちがいない。

刀を青眼《せいがん》に構えると、棟区《むねまち》の辺りからぐにゃりと曲がっていた。

「くそっ、鈍刀め」

又兵衛は曲がった刀を捨て、朱房の十手を帯から抜く。

「町奉行所の与力か。房の色でわかるぞ」

相手は口をもごつかせ、刀をやや下がり気味の平青眼に構えた。

突くとみせかけての上段打ちか、それとも、あくまでも突きに徹するか、又兵衛は素早くつぎの一手を読む。

真剣の振り込み二千回をおのれに課し、日々の鍛錬《たんれん》だけは欠かさずに過ごしてきた。からだのきれにはそれなりに自信があるし、斬りつけてくる相手の動きも瞬時に見切ることができる。

存外に手強いと察したのか、相手はなかなか斬りこんでこない。

しかも、構えを変えた。

すっと背筋を伸ばし、ゆったり立ったまま、刀を喉《のど》の下辺りまで持ちあげる。

両肩はややあがり、刀はからだの中心にあるはずなのだが、切っ先が点となって刀身はみえない。平地《ひらじ》に反射した月影が円となり、刺客の面相を淡《あわ》い光で包んでいる。

「一刀流《いっとうりゅう》、本覚《ほんがく》の構えか」

「ふふ、一刀流にもいろいろあるぞ」

構えだけではわからぬが、一合交《まじ》えた太刀筋から、おおよその見当はついた。

「天心独名流《てんしんどくめいりゅう》」

「ほう、ようわかったな」

流派がわかれば、手の内も絞《しぼ》られる。

必殺の一手は斬り落とし、相手の眉間《みけん》を狙った上段の決め技だ。流祖の伊藤一《いとういっ》刀斎《とうさい》が「身を捨ててこそ浮かぶ瀬もあれ」と言ったとおり、同じく上段から斬りつけてくる相手の鎬《しのぎ》を弾いて死中に活を求める技にほかならない。

斬り落としを使ってくる公算は大きいが、天心独名流には「水釘《みずくぎ》」と称する暗殺剣もある。門外不出の口伝《くでん》ゆえ、どのような技なのか、はっきりとはわからない。ただ、剣を志《こころざ》す者のあいだでは、突きの一手であろうと噂されていた。

得体の知れぬ技を持っているとおもえば、読みに狂いも生じてくる。

又兵衛は余計なことを考えず、流れにしたがうことにした。

おそらく、敵も十手使いが相手ではやりづらかろう。

それに、いざとなれば、脇差《わきざし》を使うこともできる。

又兵衛は裾を割り、片方の端を帯に挟んだ。

両足を撞木足《しゆもくあし》に構え、からだを斜めにして十手の先端を差しだす。

相手は爪先で躙《にじ》りより、打ちこむ隙《すき》を狙っていた。

又兵衛は蹲踞《そんきよ》の姿勢になり、ぱっと両手を広げる。

虎が獲物を狙う虎伏《とらぶせ》の構えだ。

から空きの胴に誘われ、相手は前のめりに突っこんできた。

「やっ」

気合いともども、ぐんと白刃が伸びてくる。

突きとみせかけ、小拍子《こびょうし》で円を描きながら、斬り落としを仕掛けてきた。
小手狙いか。
ならばと、十手を上から落とし、鉤の手《かぎのて》で刀の先端を挟む。
──がきっ。
嵌《は》まった。
相手の動きを封じ、左手で脇差を抜きはなつ。
裏小手を狙って斬りつけるや、相手はぱっと手を放した。
刀を捨てなければ、小手を落としていたにちがいない。
相手が手を放した反動で、又兵衛は前のめりになった。
──ひゅん。
素早く抜かれた脇差の先端が鼻先に迫ってくる。
「ぬおっ」
どうにか、受けとめた。
短い脇差同士が激しくぶつかり、火花を食うほどのところまで顔が近づく。
鍔迫《つばぜ》り合《あ》いになりかけたとき、相手は袖口に隠していた得物《えもの》を抜いた。
火箸《ひばし》だ。

「くっ」
避けきれず、左肩をぐさっと刺された。
と同時に、右手で外側から十手を叩きつける。
――ばすっ。
鈍い音がした。
左肘《ひだりひじ》の上辺りを砕《くだ》いたにちがいない。
相手は身を離し、左腕を押さえながら後退《あとずさ》る。
苦しげな吐息だけを残し、闇の向こうに消えた。
「ぬうっ」
火箸で刺された痛みが疼《うず》く。
だが、おもったよりも傷は浅い。
片膝をついて鞘から下緒《さげお》を抜き、右手と口を使って器用に傷口を縛りつけた。
火箸を使った突き技が「水釘」なのであろうか。
又兵衛は、宗竹の左胸にあった傷跡を思い浮かべた。
おそらく、火箸で刺した傷であろう。
宗竹とおえんを殺めたのは、あやつなのかもしれない。

それにしても、手強い相手だ。

いったい、何者なのであろうか。

もちろん、男の正体は惣録屋敷の主人が知っている。

さらに突っこんで調べるべきかどうか、又兵衛は迷いはじめていた。

十

翌朝、奉行所へ出仕すると、部屋頭の中村角馬が困った顔で近づいてきた。

沢尻玄蕃から呼びだしが掛かっていると言うので、嫌々ながらも内与力の御用部屋へ向かう。

「入れ」

平板《へいばん》な声に導かれて部屋にはいると、沢尻は糸のような目を光らせた。

「おぬし、何をしておる」

「はあ、何のことでしょう」

「今朝早く、松平周防守さまの筋からお叱りを受けた」

しまったと、内心で臍《ほぞ》を噬《か》む。

吟味物調役の梅津左兵衛が、早々に圧力を掛けてきたのだ。

「何でも、吟味方でもないおぬしが、座頭殺しを根掘り葉掘り調べておるとか。それはまことか」

　こうなれば、腹を決めるしかない。

「まことにございます」

　きっぱりとこたえてやると、沢尻は片眉を吊りあげた。

「何故《なにゆえ》じゃ。吟味方でもないおぬしが、何故、殺しを調べる。そもそも、探索無用と通達してあったはずじゃぞ」

「承知しております。されど、調べねばならぬ事情がございました」

「ほう、事情とな」

「はっ。それがし、座頭ではなく、妾殺しのほうを調べております」

　機転を利かせ、嘘を吐いた。

「何じゃと」

「座頭は寺社奉行筋の差配なれど、町人の妾は町奉行所の差配ゆえ、殺しとなれば調べぬわけにはまいりませぬ。されど、沢尻さまのご通達を勘違いし、吟味方も三廻りも誰ひとり動きませぬ。それゆえ、致し方なく、それがしが重い腰をあげたまで。後々、妾のことを評定所より指摘されれば、反論の余地はございませぬ。すべては、南町奉行所の体面を考えてのことにございます」

「ふうむ」

筋道を立ててはなすと、沢尻は考えこんだ。

おそらく、一本取られた気分であろう。

「おぬしの申すことも一理あるが、はたして、その理屈が通用するかどうか……

して、妾を殺めた者の見当はついたのか」

「いいえ。さすがに、例繰方のそれがしには荷が重うございます」

「そうであろう。ならば、止めにいたせ」

「はあ」

「不満か」

「いいえ。ひとつお伺いしても」

「何じゃ」

「座頭殺しの裏に巨悪が隠されているとするならば、沢尻さまはどうなされます
か。探索をつづける旨《むね》の命を下されますか」

意識したわけでもないのに、熱いことばが口から飛びだす。自分でもいささか
驚かされたが、後に引くこともできない。

「巨悪とは何じゃ」

沢尻から逆しまに問われ、又兵衛は淀みなく応じた。

「人の上に立つ者が、困窮《こんきゅう》する下々の暮らしなど一顧《いっこ》だにせず、おのれの持つ力を私欲のためだけに使う。そのようなことにござります」

「動かしがたい証拠でもあれば別じゃが、そうでなければ、木っ端役人風情《ふぜい》が関わらぬことじゃ。唐土の書にもあろう、君子《くんし》危うきに近寄らず、とな」

「唐土の書には、君子は豹変《ひょうへん》す、ということばもござります」

「何が言いたい」

いつも居眠りしている役立たずが、突如として正義に目覚めることもある。君子は豹変すとは、又兵衛がみずからを鼓舞《こぶ》するために念じている格言でもあった。

「腐ったものを捨て置けば、まわりも徐々に腐りだす。沢尻さまは仰いましたな。御奉行は奉行所内の溝浚いをなされたいのだと。危うきものに近づき、まちがったおこないを正さねば、溝浚いはできませぬ。それがしは、かように考えまするが」

「こいつは驚いた」

沢尻は苦笑する。

「とんだ厄介者がひとりおったわ。生意気にも探索方の役目を断っておきながら、勝手に吟味方気取りとはな。なるほど、高邁《こうまい》な志《こころざし》は拝聴《はいちょう》した。されど、忘れよ。今一度、きつく申しておくぞ。例繰方の平手又兵衛、座頭ならびに妾殺しは探索無用と心得よ」

「はっ」

平伏しつつも、二度と本心を言うまいと心に決め、御用部屋から退出する。

一日の役目を終えて奉行所から退出しても、腹立たしい気持ちはおさまらない。やはり、沢尻は所詮《しょせん》、保身しか考えていないのだ。何を問われてもまともにこたえず、はぐらかしておけばよかったと悔《く》やんでも、後の祭りであった。

夕陽を背負ってとぼとぼ歩き、渡りかけた弾正橋から引き返す。

どうしても屋敷に帰る気になれず、長元坊のもとへ向かった。

葱鮪鍋《ねぎまなべ》でも馳走《ちそう》になりながら、安酒を啖いたくなったのだ。

ところが、療治所《りようじしよ》の周辺は何やら大変なことになっている。

大勢の座頭たちが表口に押しよせ、わいわい騒いでいた。

「金返せ。藪医者め、借りた金返せ」

みなで呼吸を合わせ、念仏《ねんぶつ》のごとく唱和《しょうわ》している。

もちろん、長元坊は座頭金など借りていない。あきらかに、嫌がらせだった。

やらせているのは梅津左兵衛か、それとも杉崎検校か、いずれかであろう。

物陰から様子を窺《うかが》っていると、座頭たちは半刻足らずで潮《しお》が引くように消えた。

急いで表口に近づき、拳で戸を敲く。

「わしだ、長助、開けろ」

そろりと戸が開き、長元坊が窶《やつ》れた顔を差しだした。

「又か、めえったぜ」

「ずいぶん派手な嫌がらせだったな」

「おれたちに探られたくねえ、よほどの事情があるってことさ」

「まあ、そういうことだな」

「葱鮪鍋でも食うか」

待ってましたと涎《よだれ》を啜り、さっそく板の間にあがる。

長元坊は絶品の葱鮪鍋をこしらえており、座った途端、湯気といっしょに小鍋を運んできてくれた。

「家猫もまたぐ鮪《まぐろ》でも、味噌で煮込めばさぞ美味い」

手酌《てじゃく》で安酒を注ぎ、欠け茶碗に口をつける。

喉を鳴らして一気に呑み干すと、長元坊は手を叩いて喜んだ。

「へへ、嫌なことでもあったのか。木っ端役人てな、因果《いんが》な商売だな。そういえば、検校の用心棒、素姓《すじょう》がわかったぜ」

「教えてくれ」

「奥州《おうしゅう》浪人、若松丈八郎《わかまつじょうはちろう》だ」

松戸《まつど》の浅利《あさり》道場で師範代までつとめた剣客だったが、酔った勢いで地廻りと喧嘩をしたり、門弟を恐喝して金を巻きあげたり、あまりに行状《ぎょうじょう》が悪いので、道場主から破門を言い渡された。それから数年は鳴りを潜めていたが、縁あって検校に仕《つか》えるようになったらしい。

「浅利道場では、突きの若松と呼ばれていた。宗竹とおえんを刺したのは、若松丈八郎で決まりだぜ。類は友を呼ぶ。殺らせたのは、検校にちげえねえ。でもな、殺らせた理由が今ひとつわからねえんだ。宗竹は上納金をちょろまかし、検校に目をつけられていた。そんなやつは、ほかにもいる。ほかの座頭たちへのみせしめなら、それこそ利き腕を折るとか、痛めつけるだけでよかったんじゃねえのか」

　長元坊の疑念は、又兵衛の疑念でもあった。

「宗竹にくわえて妾のおえんまで殺めた理由がはっきりしない。

「宗竹はひょっとしたら、検校の探られたくねえ事情ってやつを知っちまったんじゃねえのか」

「ふむ、そうかもな」

　注ぎつ注がれつ安酒を呑み交わし、いい気分になってきた。

　葱鮪鍋のおかげで、腹の皮もはちきれんばかりだ。

　と、そこへ、遠慮がちに戸を敲く者があらわれた。

　座頭かと身構えたが、どうやら、そうではない。

　長元坊が戸を開けると、しょぼくれた初老の男が立っていた。

「おめえは」

「へえ、おちよの父親の孫次郎でごぜえやす」

「呑んだくれの穀潰《ごくつぶ》しが、いってえ何の用だ」

　長元坊の恫喝《どうかつ》にもめげず、孫次郎はこたえた。

「おちよを助けていただいた御礼をしにきたら、とんでもねえものをみちまいやした」

「座頭たちか」

「ええ、先生も座頭金を借りたのか、同じ穴の狢《むじな》なんだとおもったら、何だか肩の荷が下りやした」

「おいおい、おめえといっしょにするな。借金なんか、鐚《びた》一文もしてねえからな」

「なら、どうして……まさか、あっしのせいですか」

「そうだよ。おちよを救ってやったから、嫌がらせにきたのさ」

「そいつはどうも、穴があったら入《へ》えりてえ」

「まあいいから、こっちに来い。葱鮪鍋の残りでも食っていけ」

孫次郎が奥へやってくる。

又兵衛を目に留め、ぎくっとしてみせた。

「何も驚くことはねえ。そっちの旦那とは顔見知りのはずだぜ」

「そらどうも、何処《どこ》かでお会いしやしたか」

「おぼえてねえのか、平手又兵衛だよ」

長元坊にからかわれ、孫次郎は胡麻塩頭《ごましおあたま》を掻いた。

「やっぱりそうだ。平手さまだとおもいやした。ほんとうはこっちじゃなくて、まっさきに旦那のお宅へ伺うつもりだったんですよ。でも、八丁堀は馴れねえもんで、迷子になっちまって」

「おめえ、酒を呑まなきゃ、けっこうまともじゃねえか」

欠け茶碗に酒を注ごうとして、長元坊は手を止めた。

「おっと、危ねえ」

酒ではなく葱鮪鍋の残りを茶碗によそってやると、孫次郎は情けない顔をする。

「恨むんじゃねえぞ。おめえのためだかんな」

「へえ、わかっておりやす。わかっておりやすが、酒を断つなら死んだほうがましなんで」

「死んだら、襖絵が描けねえだろう。おちよに案内してもらい、西琳寺の虎を拝ませてもらったぜ。あら凄《すげ》えや。素人のおれでもわかる。おちよはな、健気にもおめえを自慢していやがった。冷たい畳に両手をつき、もう一度だけ絵を描かせてほしいと、是空和尚《おしょう》にお願いしたんだぜ」

「……お、おちよが、そんなことを」

「ああ、そうさ。おちよにとってあの虎は、何ものにも代え難いお宝なのさ。おめえは娘のために立ちなおらなくちゃならねえ。松平周防守さまの御屋敷に、あれ以上の虎を描かなくちゃならねえ」

うだつのあがらぬ鍼医者も、たまにはよいことを言う。

かたわらで聞いている又兵衛でさえも、心を動かされた。

孫次郎は涙と洟水を垂らし、安酒を欠け茶碗に注ごうとする。

それに気づいた長元坊が、すかさず優しいことばを掛けてやった。

「注いでやるよ。一杯だけだぞ。でもな、約束してくれ。そいつを呑んだら、死ぬ気で絵を描くってな」

「……わ、わかりやした」

呑みたいやつは、かならず約束をする。

孫次郎は前のめりになって応じ、注がれた酒を美味そうに呑む。

喉仏《のどぼとけ》が上下する様子を眺めながら、又兵衛は溜息を吐いていた。

十一

一杯が二杯になり、五合徳利《どくり》が空になっても、孫次郎は欠け茶碗を離さなかった。

そして、酔った勢いも借りながら、聞き捨てならぬはなしをする。

「旦那方を巻きこみたくねえから、黙っていようとおもったんだけど……」

昨夜、木原店にある馴染みの縄暖簾《なわのれん》で呑んでいると、隣の床几に万蔵の手下どもがやってきて、ひそひそ話をしはじめた。

「……あっしはこうみえても地獄耳でね、手下どもは座頭殺しの経緯を喋っていやがったんですよ」

万蔵が杉崎検校に命じられ、宗竹を何処かの土蔵へ連れていき、力丸がまず右腕を折った。ところが、それは勇み足《いさあし》で、検校の狙いは脅すことではなかった。最初から殺めるつもりでいたから、事情を知っている妾のおえんも連れてこられた。そして、検校の用心棒が、ふたりまとめてとどめを刺した。

「どうやら、それがはなしの筋だったみてえで」

万蔵の手下どもは、宗竹とおえんが殺められた理由も喋っていた。

「杉崎検校は寺社奉行配下の梅津某《なにがし》とはからい、お上に納める運上金《うんじょうきん》の一部をちょろまかしているんだとか。宗竹は何処からか証拠となる裏帳簿を手に入れ、そいつと引き換えに位を別当にあげてほしいと、検校に直談判《じかだんぱん》していた。おおかた、そのせいで命を縮めたにちげえねえと、手下どもは喋っておりやした」

万蔵と手下どもは検校に命じられ、主のいなくなった座頭屋敷の家捜しをやったものの、裏帳簿をみつけることはできなかった。

孫次郎はそのはなしを聞き、はっとしたのだという。

宗竹は西琳寺の檀家だった。そもそも、孫次郎が宗竹から金を借りたのも、本人から西琳寺と関わりが深いと聞いて信用したからだ。宗竹は他人を信じていなかったが、唯一、是空和尚だけは敬《うやま》っており、貯めた金を寺に預けているとも言っていた。

「だから、貯めた金といっしょに裏帳簿も西琳寺に預けたにちげえねえと、あっしは咄嗟におもったんだ」

孫次郎は居ても立ってもいられなくなり、縄暖簾を飛びだしたその足で飯倉狸穴の西琳寺へ向かった。是空和尚に会って事情を告げると、孫次郎の読みどおり、和尚が宗竹から預かった呂宋壺《ルソンつぼ》の底に、裏帳簿が隠されてあったという。

又兵衛は身を乗りだした。

「和尚は裏帳簿をどうすると仰った」

「寺社奉行の松平周防守さまに、恐れ多くもと訴えでねばならぬと仰いやした」

おそらく、今日じゅうには訴えでているはずだという。

「まずいな」

訴えを受理するのは、寺社奉行自身ではない。まずは、配下が内容を吟味する。不正の証拠となる裏帳簿に目を通す公算が大きいのは、吟味物調役の梅津左兵衛であろう。要するに、杉崎検校の罪を暴《あば》くための証拠が、検校と昵懇《じっこん》の間柄の腐れ役人の手に渡るかもしれないのだ。

梅津の手に渡れば、たいへんなことになる。

「和尚の身が危ういぞ」

「えっ、まさか」

事の重大さに気づき、孫次郎は蒼醒《あおざ》めてしまう。

「今から西琳寺へまいろう。まだ間に合うかもしれぬ」

又兵衛はすっくと立ちあがり、長元坊と孫次郎を促した。

辺りはすっかり暗くなったが、頭上には宵月《よいづき》が煌々と輝いている。

酔いはまだ醒めきっておらず、早く走ろうとしても足が重くて動かない。

「宵月や酔った阿呆《あほう》の爪照らし」

それでも、新橋辺りまではへぼ句を口ずさむ余裕さえみせていたのだが、霊南坂から溜池台《ためいけだい》を上り下りする辺りから息が切れはじめ、我善坊谷から狸穴坂へ向かう頃には足が棒になっていた。

振りかえれば、孫次郎も長元坊に引きずられ、へろへろになりながらもどうにか従いてくる。

坂道を下りかけたところで、又兵衛は異変に気づいた。

何やら、焦《こ》げ臭い。

風は北風なので、こちらは風上だが、それでも焦げ臭い。

「くそっ」

不吉な予感がした。

裾をからげ、脱兎《だっと》のごとく駆ける。

「火事だ、火事だ」

西琳寺の辺りが騒然としており、大勢の人々が逃げまどっていた。

人の流れに逆らい、坂をどんどん下っていく。

「ぬわっ」

西琳寺が燃えていた。

本堂も宿坊も臙脂《えんじ》の炎に包まれている。

刺子半纏《さしこばんてん》の火消しどもが馳《は》せ参《さん》じ、延焼《えんしょう》を防ぐべく周囲の木々を伐《き》り倒し、家屋を潰しに掛かっていた。

――ばりばり、ばりばり。

燃えさかる炎と建物を壊す音が錯綜《さくそう》し、いやが上にも不安を搔きたてられる。

ただし、風は弱く、寺領も広大なだけに、延焼は免《まぬが》れるにちがいない。

案じられるのは、是空和尚や僧侶たちの安否だった。

大勢の僧侶たちが命からがら逃げのび、助けだされた寺男などもあったが、顔じゅう煤《すす》だらけで筵に横たわる者たちのなかに、是空和尚のすがたは見当たらない。

長元坊と孫次郎もやってきた。

炎に包まれた寺をみつめ、立ちつくすしかない。

「是空さまを捜せ」

又兵衛のことばに、孫次郎が反応した。

火消したちが止めるのも聞かず、山門の向こうへ躍りこんでいく。

「待て、孫次郎」

又兵衛と長元坊が背中を追いかけた。

朧脂に染まった空から、火の粉が降ってくる。

炎は生き物のように燃えひろがり、地を這いながら山門にも近づきつつあった。

これでは、とうていみつけられまい。

あきらめかけたとき、孫次郎が叫んだ。

「ここにおられます。是空さまはここに」

声のするほうへ駆けていくと、孫次郎が両手を振るかたわらで、是空和尚は座禅を組んでいた。

「生きておられやす。是空さまは生きておられやす」

幸運にも風上なので、炎は迫ってこない。

急いで駆けつけると、是空は閉じた目を開いた。

「だいじな寺を焼かれてしもうた。孫次郎よ、すまぬ。おぬしの描いた虎も焼けてしもうたわ」

「……な、何を仰います。是空さまさえご無事なら、それで充分にござります。さあ、めえりやしょう」

「ふむ」

是空は立ちあがり、ぐらりと蹌踉《よろ》めく。

長元坊が背負い、四人は山門に取って返した。

軽い火傷《やけど》を負った是空は戸板に乗せられ、医者のもとへ運ばれていく。

野次馬のなかに、偶さか火付けを目撃した者がいた。

聞けば、火付けは破落戸どもの仕業で、ひとりは雲を衝《つ》くほどの大男だったという。

「力丸か」

長元坊が吐きすてる。

おそらく、杉崎検校と梅津が是空ともども不正の証拠を葬《ほうむ》るべく、万蔵に命じてやらせたのだろう。

「罰当たりなやつらめ」

悪態を吐く長元坊のかたわらで、孫次郎はがっくりと項垂《うなだ》れた。

もはや、涙を流す気力さえも失ってしまったようだ。

「……ご、御本尊のことよりも、虎の絵を気に掛けてくれた」

そんな是空の気持ちにこたえるためには、どうすればよいのか、孫次郎は考えあぐねているのにちがいない。

又兵衛は月代を朱色《しゆいろ》に染めていた。

燃えつづける炎が映《うつ》っているのではない。

名状《めいじよう》し難《がた》い怒りが、月代を染めているのだ。

「又、どうする」

長元坊に問われるまでもなかった。

保身のためなら人殺しでも何でもやり、仕舞いには寺をも焼いてみせる。手段を選ばぬ悪党たちに、有無を言わせず、引導《いんどう》を渡してやらねばなるまい。

又兵衛は紅蓮《ぐれん》の炎に背を向け、仏頂面で歩きはじめた。

十二

翌夕、又兵衛は大小と十手を帯に差し、本所の惣録屋敷へ向かった。

昨夜は怒りのせいで一睡もできなかったが、頭は妙に冴《さ》えている。

もちろん、相手は何千人もの座頭を抱える当道座の頂点に君臨する人物、まともに訪ねても門前払いにされるのは目にみえていた。

屋敷から出てくるのを待つしかない。

又兵衛は山形に積まれた天水桶の陰に身を隠し、表口を見張りつづけた。

火箸で刺された傷が疼くたびに、若松丈八郎の蟷螂面《かまきりづら》が脳裏《のうり》を過《よ》ぎる。向こうにも怪我《けが》をさせたが、素知らぬ顔ですがたをみせるかもしれない。剣戟《けんげき》にも対応できるように、今日は鈍刀ではなく、先祖伝来の兼定を携えてきた。

二尺八寸の長尺刀《ちょうじゃくとう》だけに、抜刀の際は鯉口《こいぐち》を左手で握って引き絞らねばならない。この「鞘引《さやび》き」に長じていなければ、宝刀を扱うことはできなかった。抜けば互《ぐ》の目乱《めみだれ》の美しい刃文《はもん》が浮かびあがり、闘志を掻きたてられよう。

ただし、使うかどうかはまた別のはなしだ。

できることなら、刀身に血を吸わせたくはない。

今宵は満月ゆえ、足許《あしもと》を照らす提灯も要らぬほど明るくなるだろう。そもそも、杉崎検校に提灯は要らぬ。孫次郎の描いた虎の絵を目にしていたならば、おそらく、西琳寺を燃やそうとはしなかったにちがいない。

夜の帳が下りた頃、屋敷の門が静かに開いた。

一挺の権門駕籠《けんもんかご》が門前に滑りこみ、先棒《さきぼう》の担《かつ》ぎ手《て》が脇の引き戸を開ける。大名も使う総網代《そうあじろ》に黒漆《くろうるし》塗《ぬ》りの闇駕籠であった。あらためて地位の高さをみせつけられた気がしたものの、又兵衛には微塵《みじん》の迷いもない。

供侍と小者が先触れとなり、焙烙頭巾の杉崎検校があらわれた。

怪我の影響なのか、若松丈八郎はいない。

又兵衛は塀際から離れ、ずんずん駕籠に近づいた。

「検校さま、お待ちあれ」

声を張りあげると、杉崎検校が顔を振りむける。

供侍が刀の柄《つか》に手を添え、猛然と躍りだしてきた。

「なにやつじゃ」

誰何され、又兵衛は足を止める。

「数寄屋橋の木っ端役人にござります」

「数寄屋橋だと」

勘のよい検校は、供侍を押しのけて身を乗りだした。

「もしや、南町奉行所の与力か」

「いかにも、例繰方の平手又兵衛にござります」

「梅津から聞いた名じゃ。例繰方のくせに、何やら、わしのまわりを嗅ぎまわっておるらしいな」

「おわかりなら、はなしは早うござる」

「はなしとは何じゃ」

「よくぞ、お聞きくだされた」

又兵衛は胸を張り、ゆったりと歩《ほ》を進めた。

「検校さま、西琳寺を焼くように命じられましたな」

「ふっ、何のことだか」

「おとぼけなさるな。織田信長公《おだのぶなが》でもあるまいに、寺なぞ焼いたら罰が当たりますぞ。怪我人も出ておりますしな。されど、あなたは失敗《しくじ》った。是空和尚は幸いにも、九死に一生を得られました。裏帳簿も無事に持ちだされてござる」

裏帳簿と聞いて、杉崎検校は顔をしかめた。

わずかな変化も見逃さず、又兵衛はたたみかける。

「妙だとおもわれたか。裏帳簿は是空和尚から寺社奉行の配下へもたらされたはずですからな。ふふ、残念ながら、裏帳簿には写しがござりました。これが世に出れば、たいへんな騒ぎになりましょうな。お望みなら、それがしが取り返してさしあげてもよい。ついでに、是空和尚の口も封じてさしあげましょう」

「何じゃと」

やはり、餌《えさ》に食いついてきた。

又兵衛は、小悪党のように笑ってみせる。

「くく、ものは相談にござります」

検校は、ぴくっと耳を動かした。

「金か、いくら欲しい」

眉間に縦皺《たてじわ》を寄せ、唸るように問うてくる。

又兵衛は考えるふりをし、片頬《かたほお》で笑った。

「三百両でいかがでしょう」

その程度ならと読んでいたのか、検校に動揺はない。

「よかろう」

偉そうに応じ、顎《あご》を持ちあげる。

「されば、明朝にでも屋敷へまいるがよい」

「ふふ、虎口《ここう》に踏みこむ気はござらぬ」

「どうせよと」

「明暮れ六《みようく》つ《む》、西琳寺の焼け跡でお待ち申しあげましょう」

「焼け跡なんぞへ、わしはまいらぬぞ。よし、手下の者たちに金を持っていかせよう。三百両と交換に裏帳簿の写しを渡すのじゃ。妙な小細工をいたせば、おぬしは焼け跡から戻ってこられぬようになるが、それでよいな」

「無論、小細工などいたしませぬ」

杉崎検校は、声をあげずに笑った。

「約束を守れば、悪いようにはせぬ。何なら、おぬしを昇進させるよう、筒井さまに手回しをしてやってもよい」

「ほほう、さようなことがおできになるとは、さすが、検校さまであられますな」

「見くびるでないぞ。事と次第によっては、公方《くぼう》さまとも直談判できる。それが、わしじゃ」

「はっ、恐れ多いことで。あの、ひとつ伺っても」

「何じゃ」

又兵衛は襟を正す。

「西琳寺にあった虎の襖絵をご存じですか」

「存じておる。以前、松平周防守さまから伺ったことがあるゆえな。えらくご執心であったわ。あの虎は、観る者に勇気をもたらすと仰せじゃった」

「そこまで知っておられたにもかかわらず、寺を焼いたのですか」

「わしにはみえぬゆえな。みえぬものに価値はあるまい」

「なるほど。されど、あの絵には、孫次郎という絵師の魂《たましい》が籠もっておりました」

「だから何じゃ。惜しいことをしたとでも言いたいのか」

「せっかく描いた生涯に一度の傑作が、誰ぞのせいで灰燼《かいじん》に帰《き》したわけですからな。あなたはお上に納めるべき運上金を、長年のあいだ、ちょろまかしてきた。裏帳簿を詳細に調べれば、罪状はあきらかとなりましょう。払うべきものを払わずに財を成し、あなたは揺るぎなき地位を築きあげた。どうせ、幕閣のお歴々にも如才《じょさい》なく、賄賂をばらまいておられるのでござろう。それゆえ、少々のことでは罪に問われぬと、高《たか》をくくっておいでのようだ。されど、早晩、悪事は露見《ろけん》いたしましょう。天網恢々疎《てんもうかいかいそ》にして漏らさずと申しますからな」

又兵衛は言いたいことを言い、相手の反応を窺った。

杉崎検校は口を結び、ふんと鼻を鳴らす。

「百歩譲って、おぬしの申すことが真実だといたそう。されど、そんなわしから金を脅し取ろうとするおぬしこそ、わしに輪を掛けた悪党であろうが」

「ふはは、仰せのとおり。つまらぬ愚痴《ぐち》を聞かせてしまいました。何せ、それがし、あの虎の絵に魅せられておったものですから」

「絵が焼けたおかげで、三百両を手にできるのじゃ。そうおもえば、あきらめもつこうというもの」

「たしかに、人生はあきらめが肝心かもしれませぬ」

皮肉を放ったつもりだが、権威や金に執着する者には届いておるまい。

やがて、杉崎検校を乗せた駕籠は、何事もなかったかのように動きだした。

おそらく、駕籠の内では怒りに震えていることだろう。

ここまでは、目論《もくろ》みどおりだ。

勝負は明日、長元坊にも助っ人を頼まねばならぬ。

「まことに、惜しいことをしたな」

又兵衛は見事な満月を仰《あお》ぎ、瞼《まぶた》の裏に焼きついた虎の絵を思い浮かべた。

十三

翌夕。

暮れ六つの鐘が鳴っている。

焼け跡に立ってみると、ここに古刹があったとはおもえない。

「彷徨《うろつ》いてんのは、山狗だけか」

長元坊は漏らし、ぺっと唾を吐く。

「どうして、ここに決めたんだ」

「さあな、仏に縋りたくなったのかも」

「ずいぶん弱気じゃねえか。平手又兵衛ともあろう者が何を恐れる」

わからぬ。恐れるとすれば、自分の怒りを抑えられなくなることだろうか。

「検校のやつ、誰を寄こすとおもう」

「万蔵たちだろうな」

「腰に差してんのは、刃引刀か」

「いいや、兼定だ」

「ふうん、やつらを斬るのか」

「わからぬ」

「おれは何処までやったらいい」

「そんなもの、自分で決めろ」

「やつらは寺を焼いた。それなりの報《むく》いを受けなきゃならねえ。黒焦げにされた御本尊も、そう仰るはずだぜ」

いつの間にか、時《とき》の鐘《かね》が鳴り終わっている。

「来やがった」

焼け残った山門の内に、人影がぞろぞろ踏みこんできた。

万蔵たちだ。

「ひい、ふう、みい……」

頭数で二十は超えていよう。

ひとりだけ大きな人影は、力丸にちがいない。

長元坊は焼け跡の残骸から、煤だらけの錫杖《しゃくじょう》を拾いあげた。

「こいつを使わしてもらうかな」

数を頼んだ連中はひとかたまりになり、万蔵を先頭に悠々《ゆうゆう》と近づいてくる。

さらに、一団から少し遅れて、浪人風体の侍がひとり歩いてきた。

左腕をだらりと下げている。

「あいつ、若松丈八郎じゃねえのか」

「そのようだな」

「おれたちを葬る気だぜ」

念頭に置いていたことゆえ、別に驚きはない。

左手が自在に使えぬ者同士、片手斬りの真剣勝負で決着をつけねばなるまいと、又兵衛はおもった。

万蔵が十間（約十八メートル）ほど手前で足を止め、小莫迦にした口調で喋りかけてくる。

「おい、不浄役人、帳簿は持ってきたか」

「ああ、ここにある」

懐中から帳簿らしきものを取りだしてやると、万蔵は後ろの力丸にうなずいた。

「こっちも持ってきたぜ。山吹色の小判がざっくざく」

力丸が大股で歩みより、小脇に抱えた木箱を地べたに置いた。

万蔵が叫ぶ。

「箱の上に帳簿を置け」

言われたとおりに歩みより、又兵衛は木箱の上に帳簿を置いた。

力丸が高みから睨《ね》めつけてくる。

口から吐きだす息が臭い。

即座に抜刀し、臍下《せいか》を擂付《すりつ》けに裂くこともできたが、止めておいた。

どちらからともなく木箱から離れ、元の場所へ戻る。

「へへ、それでいい」

万蔵は嘲笑《あざわら》う。

「検校さまは、おれにその金はくれてやると仰った。欲しかったら、おめえらふたりに引導を渡せってはなしさ。へへ、どうせ、おめえらもそのつもりなんだろう。だから、あちらの旦那にもご足労願ったのさ」

若松が後ろから近づいてくる。

「平手又兵衛、やはり、おぬしの狙いは金だったな」

「若松よ、まことにそうおもうのか」

「ああ、命を賭《か》けるに値《あたい》するものなど、金以外にあるまい。されどな、おぬしは欲がなさすぎる。検校を強請《ゆす》るなら、桁《けた》がひとつちがうぞ」

「なるほど、おもった以上に儲《もう》けておるわけか」

「一度やったらやめられぬ。それが検校だそうだ。もっとも、おぬしのせいで、わしはお払い箱になりかけておる。おぬしの首を持っていかねば、こっちの首が繋がらぬ」

「ふん、戦国の世でもあるまいし、首を掻いて持っていくのか」

「ほれ、首桶《くびおけ》も携えてきたぞ。ふふ、おぬしは左手が自在に使えまい」

「それは、おぬしとて同じこと」

「どうかな、使えるかもしれぬぞ」

こちらを疑心暗鬼にさせ、心に迷いを生じさせる策であろう。

刀を抜かずとも、すでに、ふたりの闘いははじまっている。

万蔵が焦れたように吐《じ》きすてた。

「はなしが済んだら、手っ取り早くはじめようぜ」

手下どもが左右に散り、扇形《おうぎがた》になって間合いを狭めてくる。

又兵衛と長元坊の背後には、黒焦げになった本堂の残骸があった。

陽は沈み、徐々に暗さは増していく。

ぼっ、ぼっと、手下どもが松明《たいまつ》に火を点けた。

四方に篝火《かがりび》が焚《た》かれ、獲物のすがたが浮かびあがる。

少なくとも万蔵は、自分たちが狩られる側だとおもってはおるまい。

――くわっ、かあ。

焼け残った大樹のてっぺんから、間の抜けた鴉の鳴き声が聞こえてきた。

これを合図に、長元坊が脱兎のごとく駆けだす。

「ふわああ」

破落戸連中も、一斉に段平《だんびら》を抜いた。

林立する白刃のなかに躍りこみ、長元坊は錫杖を振りまわす。

――ぶん、ぶん、ぶん。

瞬く間に、三、四人が弾き飛ばされた。

それでも、新手がどんどん襲いかかってくる。

「ぬわっ」

長元坊は錫杖で相手の臑《すね》を折り、拳を顔面に叩きつけた。

あまりの強さに、破落戸どもは二の足を踏みはじめる。

そこへ、力丸がのっそりあらわれた。

「真打ちのご登場か」

長元坊は舌舐《したな》めずりをする。

どすん、どすんと、力丸は四股《しこ》を踏んだ。

「木偶《でく》の坊《ぼう》め、覚悟しろ」

長元坊は駆けよせ、錫杖を頭上から振りおろす。

――がつっ。

石頭に叩きつけるや、錫杖がぐにゃりと曲がった。

「ふへへ、飴細工《あめざいく》じゃねえか」

後ろのほうで、万蔵が嗤《わら》った。

「ぐおっ」

力丸が吼《ほ》え、頭から突っこんでくる。

――ばこっ。

頬を撲られ、長元坊は吹っ飛んだ。

が、すぐに起きあがる。

「ほへえ、見掛けどおりの莫迦力だな」

血のかたまりを吐きすて、ふらつきながらも立ちあがった。

「へへ、おれさまを本気にさせちまったな。やい、木偶の坊、おめえの力はこんなもんか。さあ、来やがれってんだ」

「殺ってやる」

力丸は吼え、至近から突進してくる。

ぶちかまされたとおもいきや、長元坊は素早く横に避け、ひょいと足を引っかけた。

「ぬわっ」

力丸は宙を泳ぐ恰好になり、海馬《とど》のような巨体を前へ投げだす。

落ちていくさきには、先端の尖《とが》った柱の残骸が立っていた。

十四

「ぐえっ」

力丸は腹を串刺《くしざ》しにされ、みずからの重みで沈んでいった。

威勢のよかった連中が、恐怖に脅《おび》えている。

不死身だと信じた力丸をやられ、戦意を喪失してしまったのだ。

長元坊はうそぶいた。

「木偶の坊はまだ生きているぜ。今すぐ手当てしてやれば、命は助かるかもしれねえ」

「放っておけ」

叫んだのは、万蔵だった。

手下のひとりが踵を返し、山門のほうへ走りだす。

若松が横から遮《さえぎ》り、ばさっと手下の背中を斬った。

「逃げるやつは斬る」

残った連中は逃げることもできず、右往左往しはじめる。

「くそったれめ」

万蔵は匕首《あいくち》を抜き、又兵衛めがけて突っこんできた。

止めておけと、心のなかで諭してやる。

もちろん、万蔵に声は届かない。

「死にさらせ」

必死の形相《ぎょうそう》で叫び、からだごと突っこんでくる。

「ふん」

又兵衛は兼定を鞘引きに抜きはなち、右八相から振りおろした。

——ばすっ。

瞬時に刃《やいば》を返し、峰《みね》で肋骨《あばらぼね》を叩き折る。

「うっ」

万蔵は白目を剝き、へなへなとくずおれていった。

「ひぇええ」

手下どもが一斉に逃げだす。

若松は追わず、ゆっくり間合いを詰めてきた。

長元坊は力丸を助け、傷口の手当てをしはじめる。

辺りは闇が深まり、篝火の炎がぱちぱち音を起《た》てた。

若松が発する。

「平手又兵衛、一対一の勝負だ」

「望むところ」

駆け引きはしない。一撃で決めてやる。

若松もその気であろう。目をみればわかる。

やはり、左手は使えぬようだ。

ならば、一か八か、片手持ちの斬り落としを仕掛けてくるにちがいない。

堂々と受けてたとう。

一刀流でなくとも、斬り落としの鍛錬は積んできた。

「まいる」

若松は右手に白刃を提げ、つつっと身を寄せてくる。

撃尺《げきしやく》の間境《まざかい》を踏みこえ、右手一本で大上段に振りあげた。

「覚悟」

やや遅れて、又兵衛も片手持ちの兼定を大上段に振りあげる。

激突の刹那、同じ上段斬りで白刃が触れあうにちがいない。

死にたくないという願いが焦《あせ》りを生み、一毫《いちごう》の隙が生まれる。

実力に差のない者同士の斬り落としは、十中八九、さきに仕掛けたほうが命を落とすとされていた。

遅れて斬りつける勇気を持てるかどうか、それこそが生死を分ける決め手となる。

「やっ」

確実に切っ先の届く間合いから、ふたりは同時に刀を振りおろした。

いや、又兵衛のほうがわずかに遅い。

――がつっ。

太刀筋を見切って鎬で弾き、相手の肩を峰打ちにする。

「くっ」

手から刀が落ちた。

それでも、若松はあきらめない。

渾身《こんしん》のおもいで差しだされた右手には、火箸が握られている。

「水釘じゃ、喰《く》らえ」

又兵衛は胸に伸びた火箸も避け、上から手首を叩いた。

「ぬうっ」

若松は膝をつき、右手を抱えこむ。

痛みに耐えかね、肩を震わせた。

「同じ手は通用せぬぞ」

又兵衛は静かに諭す。

「……き、斬れ。わしの負けだ」

若松は正座し、首を亀のように差しだす。

「ならば、そういたそう」

又兵衛は近づき、若松の脇に立った。

兼定を頭上に持ちあげ、ひと呼吸で振りおろす。

――ぶん。

首は、落ちていない。

響いたのは刃音だけだ。

「……ど、どうして斬らぬ」

「斬る必要はない」

「だから、どうして」

「わからぬ」

又兵衛は首を横に振った。

「ただ、おぬしは武士の意地をみせ、尋常な勝負を望んだ。意地の欠片《かけら》が残っておるなら、おぬしはみずから決着をつけねばならぬ。まだ、やるべきことが残っておるということさ」

「……や、やるべきこと」

「ああ、そうだ」

「……わ、わしを助けたら、後悔するぞ……お、おぬしの寝首を、掻いてやるからな」

「いいさ、いつでも相手になってやる」

又兵衛は兼定を鞘に納めた。

木箱には目もくれず、長元坊のほうへ歩いていく。

若松が叫んだ。

「おい、忘れ物だぞ」

又兵衛は笑いながら応じる。

「いらぬ。金のために勝負したわけではない」

「待ってくれ。おぬしはいったい、何のために命を賭けたのだ」

「敢《あ》えて申せば、正義を貫《つらぬ》きたかったのかもしれぬ」

「正義だと。ふん、笑わせるな」

「そうだな。今の世に、正義なんぞ何処にもない。されど、位の高い連中が私欲を貪《むさぼ》れば、世の中はいっそう悪くなる。そうした連中をどうにかせねば、のちの世を担《にな》う子どもたちに申し訳が立つまい」

若松はぽかんと口を開け、ふっと苦笑する。

「おぬし、変わったやつだな」

「まわりのみんなからも、そう言われておる。金はくれてやるよ。そいつをどうするかは、おぬし次第だ」

又兵衛は昏倒《こんとう》した万蔵を上から覗きこみ、力丸を乗せて運ぶ戸板を探した。

逃げていった手下たちが怖《お》ず怖《お》ず戻り、力丸を戸板に乗せて運んでいく。

怪我人たちも足を引きずりながら、山門の向こうへ去っていった。

万蔵だけは戸板に乗せ、又兵衛と長元坊で運んでいかねばならない。

篝火の炎が小さくなっても、若松丈八郎は地べたに座ったままでいた。

木箱をどうにかして抱え、遠くへ逃れることもできよう。

だが、武士の端くれなら、意地でもそうしたくはあるまい。

ぎりっと、若松は奥歯を嚙《か》んだ。

手首を砕かれた痛みよりも、又兵衛の発したことばの重さに打ちひしがれているようにみえた。

十五

翌朝、惣録屋敷の門前は騒然となった。

荒縄で縛られた万蔵が、筵の上に座らされている。

項垂れた悪党のかたわらには、罪状の記された捨て札が立ててあった。

――獅子口こと借金取りの万蔵、この者、杉崎検校に命じられ、飯倉狸穴の西琳寺に火付けせりしことは明白、不届き至極なり。

以下、万蔵の罪状のみならず、杉崎検校の悪事が連綿《れんめん》と記されている。

「なになに、高利であくどく儲けるべく座頭たちに命じ、みずからは廓や茶屋に通いつめ、方々に妾を囲い、とどのつまりは、お上への運上金をちょろまかしかならない。

「……なんだよ、とんでもねえ悪党じゃねえか」

大声を張りあげて野次馬を焚きつけるのは、鼻の穴が胡座を掻いた甚太郎にほかならない。

惣録屋敷から、用人たちが飛びだしてくる。

「いったい、何があった。そやつは何じゃ」

慌《あわ》てふためいて声を荒らげても、万蔵を勝手に連れだすことはできない。

筵のそばには、十手を握った黒羽織の同心が踏んばっている。

「各々方《おのおのがた》、手を触れてはならぬ」

凛然《りんぜん》と叫ぶのは、又兵衛の意を汲《く》んだ「でえご」こと桑山大悟であった。

又兵衛はとみれば、長元坊とともに人垣の狭間《はざま》から様子を窺っている。

正門が重々しく開き、杉崎検校本人があらわれた。

「何をしておる、木っ端役人め、惣録屋敷の門前を穢《けが》すでない。早う、罪人を何処かへ連れていけ」

「たとえ、検校さまのお申しつけでも、勝手に動かすわけにはまいりませぬ」

「何じゃと、無礼者め」

検校が怒声《どせい》を浴びせると、野次馬のなかから声が掛かった。

「引っこめ、悪党検校」

長元坊だ。すぐさま、甚太郎がつづく。

「そうだ、引っこめ、人殺しの火付け野郎」

野次馬どもは常日頃から、贅沢《ぜいたく》な暮らしを隠しもせぬ検校の人となりを嫌っている。高い地位を笠《かさ》に着て、威張《いば》りちらしているので、きっかけさえあれば世間の怒りに火が点くのはわかりきっていた。

みなが眸子を剝いて罵詈雑言《ばりぞうごん》を浴びせるなか、検校にとっては頼もしい助っ人がやってきた。

「静まれ、静まらぬか」

騒ぎを知って馳せ参じた梅津左兵衛である。

捕《と》り物装束《ものしょうぞく》の小者を五人ほどしたがえていた。

「騒ぐ者があれば、引っ立てるぞ」

人垣が静まると、梅津は桑山に向きなおった。

「ここは寺社奉行の縄張りゆえ、町方の同心は口を出すな」

「はあ」

「わかったら、消え失《う》せろ」

桑山は追いたてられ、仕方なく筵から離れていく。

それと入れ替わるように、浪人風体の男が人垣から抜けだしてきた。

木箱を背負った若松丈八郎にちがいない。

「うえっ」

周囲の連中が驚いて飛び退《の》いた。

若松は右手に細紐《ほそひも》で小太刀《こだち》の柄を縛りつけている。

まるで、肘から白刃が生えたかのようだった。

梅津は焦りを隠せない。

「おぬし、若松ではないか。何じゃ、その恰好は」

若松はこたえず、梅津に近づいていく。

「待て、何をする気じゃ」

梅津は叫び、刀の柄に手を添えた。

「問答無用」

若松は吐きすて、白刃を無造作に薙《な》ぎあげる。

「ぬぎゃっ」

梅津は柄を握りながら、全身をぶるぶる震わせた。

何と、首が無い。

首無し胴から、鮮血が噴きあがる。

宙に飛ばされた首は棟門《むなもん》の軒を転がり、検校の足許に落ちた。

「ひゃああ」

悲鳴をあげたのは、小者たちだ。

検校は石仏と化している。

「……ど、どうした……な、何があったのじゃ」

狼狽《うろた》える検校の鼻先に、血の滴《したた》る刀の切っ先が翳《かざ》された。

「うえっ、誰が……だ、誰が死んだのじゃ」

「検校さま、お静かに。若松丈八郎でござる」

「何っ」

「腐れ役人の梅津左兵衛は、ただいま成敗いたしました」

「……な、何を申しておる」

「あなたさまには、ずいぶんお世話になりました。されど、正直に申せば、あなたほどの悪党はみたことがない。今ここで首を刎ねるのは容易いが、もう少し生きて、白洲できちんと裁《さば》かれたほうがよい」

若松は背中に負った木箱を落とす。

蓋《ふた》が外れ、山吹色の小判が散らばった。

野次馬どもが我先にと群がり、小判を拾いはじめる。

「わああ」

若松は溜息を吐いた。

「浅ましいな」

「検校さま、それがしはさきに逝きまする。あなたも存分に、地獄を楽しみなさるがよい」

みずからの首筋に小太刀の刃を当て、若松は一気に裂いてみせる。

――ぶしゅっ。

噴出した大量の血を、杉崎検校は頭から浴びた。

「ちっ」

長元坊が隣で舌打ちをする。

「みちゃいられねえな、あれが武士の意地ってやつなのか」

検校はへたりこみ、死んだように動かなくなった。

はたして、これでよかったのかどうか。

又兵衛にも迷いはある。

けじめをつけるかどうかは若松次第であったが、そう仕向けたのは自分なのだ。

「おめえが悪いんじゃねえ。死に様にこだわるのが、侍っていう生き物なんだろうさ……」

若松丈八郎は杉崎検校の片棒を担いで悪事を重ねてきたが、最期だけは侍として死にたかったにちがいない。

「……それだけのことさ」

長元坊に慰《なぐさ》められても、気分はいっこうに晴れない。

火箸で刺された傷が疼き、又兵衛は顔をしかめるしかなかった。

十六

それから十日余りの日々を漫然《まんぜん》と過ごし、二十八日の非番は静香と双親を連れて目黒不動《めぐろふどう》へおもむいた。

獨鈷《とっこ》の瀑《たき》や比翼塚《ひよくづか》を拝み、幼い娘を抱いた父親の後ろ姿を眺めるなどしながら、参道《さんどう》で餅花《もちばな》を買った。途中で小雨が降ってきたので早々に切りあげ、八つ刻

（午後二時頃）前に八丁堀へ帰ってくると、冠木門《かぶきもん》のまえで甚太郎とおちよが待っていた。

「鷂の旦那、何処へ行ってらしたんです」

「目黒不動だ。今日は不動尊《ふどうそん》の斎日《さいにち》だからな」

「ちょいと、つきあっていただけやせんかね」

「今からか」

「ええ、でえじなご用なんで」

「お願いします」

　隣のおちよも頭を下げる。

　甚太郎は返事も聞かず、勝手に歩きだした。

　楓川を渡って京橋へ、京橋から新橋へと向かう途中、尾張町のさきで大路を右手に折れる。

「おい、甚太郎、何処へ行く」

「何も聞かず、従いてきてくだせえ」

　さらに、山城河岸《やましろがし》から山下御門《やましたごもん》を潜り、豪壮《ごうそう》な大名屋敷が集まる外桜田の往来を闊歩しはじめる。

たどりついたさきは、寺社奉行を司る松平周防守の御上屋敷であった。

甚太郎は門番のもとへ近づき、くいっと胸を張ってみせる。

「西琳寺の是空さまに呼ばれてめえりやした」

誰何もされず、すんなり屋敷内に入れてもらえた。

「驚いたな。甚太郎、目途《もくと》は何だ、そろそろ教えてくれ」

「そいつは観てのお楽しみ。さあ、こちらへ」

勝手知ったる用人のように玄関へ導いていく。

玄関を守る本物の家臣にたいして、甚太郎がまたもや是空和尚の名を出すと、屋敷内へあがることを許された。

「こちらにござります」

今度は家臣がわざわざ案内役となり、奥の座敷へ導いてくれる。

長い廊下を何度も曲がり、枯山水の中庭や苔庭《こけにわ》などを眺めつつ、ようやく、奥座敷へたどりついた。

廊下の向こうには、是空和尚が嬉しそうに立っている。

「よう来てくれた。おぬしにみせたいものがあってな。さあ、こちらへ」

部屋に一歩踏みこむなり、又兵衛はことばを失った。

正面の襖に描かれた対の虎が、鋭い眼光でこちらを睨んでいる。

「どうじゃ、焼けた虎とうりふたつであろう」

「まことに……」

いや、失われた西琳寺の虎よりも見事な出来栄えかもしれない。

「孫次郎のやつ、たった十日で描きあげおった。しかも、最初は左手で描き、仕舞いには口に筆を咥えて描いたのじゃ」

魂で描いたのだ。どうりで、虎が生きているとしかおもえない。

心の底から、又兵衛は驚嘆《きようたん》していた。

「『人とはおもしろいものじゃ』と、お殿さまは仰せになった。『崖《がけ》っぷちに立たされると、おもいがけぬ力を発揮する』とも仰せになり、御座所の襖も描くようにとお命じになったのじゃ」

「すると、孫次郎は」

「隣の御座所におる。お殿さまに許しを得ておるゆえ、覗いてみるか」

「はい」

「へへ、そうこなくっちゃ」

甚太郎が手を叩かんばかりに喜んだ。

おちよも満面の笑みをかたむけてくる。
水を得た魚となった父親が誇らしいのであろう。
父親にとって、愛娘《まなむすめ》に喜んでもらうことほど幸せなことはない。
亡くなった愛妻のおつやも、あの世で喜んでいることだろう。
「わしは付け火で死にかけた。されど、生きてさえいれば、よいこともある」
是空和尚は豪快に笑った。
はたして、孫次郎が御座所にどのような絵を描いているのか。
又兵衛は逸《はや》る気持ちを抑えきれず、隣部屋の襖に手を伸ばした。

目白鮫《めじろざめ》

一

庭の紅葉《もみじ》も色づいた。

静香が千貫紅葉《せんがんもみじ》を両親にみせたいと言うので、又兵衛はみなを連れて品川の海《かい》晏寺《あんじ》までやってきた。

賑《にぎ》やかしで長元坊も誘うと、眠い目を擦《こす》りながらも従《つ》いてくる。ついでに小者の甚太郎までが紅葉狩りの噂《うわさ》を聞きつけたらしく、水茶屋のおちよをともなって一行にくわわった。

品川宿のさきにある海晏寺までは二里余り、山門《さんもん》を潜《くぐ》る頃には陽も高く昇り、予想以上の人出に心が浮きたってくる。

「わあ、きれい」

さすがは府内随一の名所、境内《けいだい》は紅一色《べにいっしょく》に塗りかわり、漫《そぞ》ろに歩めば気分はいやが上にも昂揚《こうよう》してきた。

感情をあまり面《おもて》に出さない静香や亀も感嘆《かんたん》し、童女のようにはしゃいでいる。

そうした様子を眺《なが》めているだけでも、又兵衛は連れてきてよかったとおもった。

「西に行けば花紅葉と浅黄《あさぎ》紅葉、東に行けば蛇腹《じゃばら》紅葉とお目当ての千貫紅葉、さあ、どっちからにする」

長元坊の問いかけに、又兵衛は迷わず応じた。

「最初は東、千貫紅葉で決まりだ」

ふと、さきに目をやれば、甚太郎とおちよが仲良く手を繋《つな》いで歩いている。

「あいつら、いい仲じゃねえか」

独り身が淋しいのか、長元坊は羨《うらや》ましそうにこぼした。

「ふん、淋しかねえさ。気になる相手と情を交《か》わせば、所帯を持たなきゃなるめえ。同じ相手と二六時中《にろくじちゅう》顔を合わせることになるんだぜ。おれにゃできねえな、ああ、そんな暮らしはまっぴら御免だね」

静香は鍼医者《はりいしゃ》の投げやりな台詞《せりふ》を聞きながし、さりげなく離れていった。

主税と亀は並んで口をぽかんと開け、千貫紅葉を見上げている。

いち早く駆けつけた甚太郎が、しきりに手招きしてみせた。

「鷭《ばん》の旦那に海坊主の先生、早く早く、こっちこっち」

「ほう、こいつが千貫紅葉か。ずいぶん年季が入《へ》えっていやがるな」

鱗《うろこ》を纏《まと》った太い幹や枝が、のたうつ龍のように伸びている。

長元坊も感嘆するとおり、樹齢《じゅれい》は五百年を優に超えていた。鎌倉《かまくら》幕府の執権《しっけん》だった北条時頼《ほうじようときより》が開山時に植えたと、山門のそばに立つ由緒書《ゆいしょがき》にも記されてある。ついでに言えば、御本尊《ごほんぞん》の観音像は品川沖で網《あみ》に掛かった鮫《さめ》の腹から取りだされた。右の逸話《いつわ》から、海晏寺の一帯は「鮫洲《さめず》」と称されるようになったらしい。

「まこと、見事にございますねえ」

亀のことばに、主税も眉《まゆ》を八の字に下げている。

又兵衛は何故《なぜ》か、しんみりした気持ちになった。

亡くなった父と母も、きっといっしょに来たかったにちがいない。両親にしてやれなかった親孝行を代わりにしているのだとおもえば、後悔の念も少しは軽くなろうというものだ。

――くうっ。

腹の虫が正直に鳴きはじめた。

昼食は門前の蕎麦屋《そばや》で名物の二八《にはち》蕎麦を啜《すす》ると決めてあったので、油染みた暖簾《のれん》を振りわけると、奥のほうで先客たちが騒いでいる。行状《ぎようじよう》の芳《かんば》しくない月代侍《さかやきざむらい》たちだ。酒を呑《の》み交わしながら卑猥《ひわい》な台詞を吐いたり、給仕の娘をからかったりしているので、又兵衛たちは後ろ髪を引かれながらも、見世《みせ》を出ることにした。

参道《さんどう》のさきに別の蕎麦屋をみつけ、そちらで手打ち蕎麦を堪能《たんのう》する。腹をこしらえて見世を出る頃には、侍たちのこともすっかり忘れていた。名残《なごり》惜しいので、もう一度みなで境内へ戻り、千貫紅葉を見物しに向かうと、何やら紅葉の周囲が騒がしい。

「さっきの連中だぜ」

と、長元坊が顔をしかめる。

月代を青々と剃《そ》った侍が五人、浮かれた調子で踊っていた。

遠目にも酔っているのはわかったので、近づかずに様子を眺めていると、侍のひとりがこちらに目を留めた。

「あっ」

驚いたように声をあげ、大股でぐんぐん近づいてくる。

かたわらをみると、静香が後退《あとずさ》っていた。

知りあいなのであろうか。

侍は五間《けん》ほどまで近づき、足を止めた。

齢《よわい》は三十なかば、鼻筋の通った見目のよい風貌だが、酒のせいで血走った眸子《まなこ》が据《す》わっている。

「おぬし、静香であろう」

浴びせられたひと言に、又兵衛は耳を疑った。

「こんなところで何をしておる」

侍に問われても静香はこたえず、殻《から》を探す寄居虫《やどかり》のように又兵衛の後ろへ隠れようとした。

「知らぬ仲でもあるまいに、こそこそ隠れることはあるまい。おい、みなの者、あのおなごはな、わしの元女房じゃ。閨《ねや》でさんざん可愛がってやったのだぞ」

後ろの連中は対応に困り、苦笑するしかない。

「あやつはできそこないでな、三年経《た》っても家に馴染《なじ》まなんだゆえ、三行半《みくだりはん》を書いてやったのだわ。母上も仰《おお》せになった。疫病神《やくびょうがみ》が居なくなってくれたおかげで、父上は出世なされたとな。まこと、母上の仰《おつしや》るとおりであったわ。二年前に別のおなごを嫁に迎えた途端、父上は御徒頭《おかちがしら》から御目付《おめつけ》になり、さらには御先手組《おさきてぐみ》の頭《かしら》に出世なされた。しかも、こたびは火盗改《かとうあらため》の大役まで仰せつかることになった。今の佐土原《さどはら》家があるのはすべて、あの疫病神を追っ払ったおかげなのじゃ。ふふ、感謝、感謝」

わざとらしく拝《おが》んでみせる元夫を、静香は消え入るような声でたしなめた。

「琢磨《たくま》さま、お止めください。他人様《ひとさま》の目がございます」

琢磨と呼ばれた元夫は、底意地の悪そうな笑みを浮かべる。

「よいではないか。千貫紅葉の下で、静香よ、おぬしに会えて嬉しいのじゃ。どおれ、きれいな顔をみせてみよ。宴《うたげ》でもどうじゃ。おう、それがよい。ここにおるのは、かつて父上に仕《つか》えておった徒目付《かちめつけ》の連中じゃ。酌《しやく》でもしてさしあげよ。気《き》の利かぬおぬしとて、それくらいはできよう。できぬと申すなら、背中を笞《むち》で打ってやる。いつぞやのごとく、ひいひい泣きわめくがよいぞ」

傍若無人《ぼうじやくぶじん》に身を寄せてきたので、殺気をふくんだ目でぎろりと睨《にら》む。

又兵衛に気づいた琢磨は、くいっと顎《あご》を持ちあげた。

「おぬし、何者じゃ」

「静香の夫にござる」

「ふへっ、従者かとおもうたぞ。ぱっとせぬ面相《めんそう》じゃな。幕臣か」

「いかにも」

「役目は」

「南町奉行所の例繰方与力にござる」

「ふん、偉そうに。不浄《ふじょう》役人ではないか。静香よ、おぬし、出戻って不浄役人のもとへ嫁《とつ》いだのか、哀れなやつめ」

静香は弾《はじ》かれたように前へ飛びだし、両手でどんと琢磨の胸を突いた。

「うおっと……」

琢磨は踏みとどまり、にっと白い歯を剥《む》いて嗤《わら》う。

「あいかわらずじゃ、懐《なつ》かしいのう。静香よ、わしはな、おぬしの強気な性分と白い柔肌《やわはだ》が忘れられぬのよ。不浄役人なんぞはぽいと捨て、わしの囲《かこ》い者《もの》にならぬか。ふふ、手当ては弾《はず》むぞ」

又兵衛は表情も変えず、冷静に言ってのけた。

「そのあたりにしていただけませぬか」

「何じゃと」

琢磨は眸子を吊りあげ、すぐさま、へらついた口調でつづける。

「わしはな、今は無役じゃが、父上が火盗改の長官《かしら》を仰せつかったのちは、修羅《しゅら》場《ば》で陣頭指揮に立つ召し捕り方の与力となる。町方のやわな連中とはちがうぞ。何せ、火盗改は切捨御免《きりすてごめん》の御墨付《おすみつ》きを与えられておるゆえな。ふふ、五十人からの精鋭を率《ひき》いる与力じゃぞ。糞溜《くそだめ》に浸《つ》かった不浄役人のひとりやふたり、斬って捨てても誰も文句は言わぬ。ふふ、どうじゃ、観念したくなったであろう」

顔を寄せ、酒臭《さけくさ》い息を吐きかけてくる。

いっそ、この場で斬ってしまおうかと、又兵衛はおもった。

自分を莫迦《ばか》にするのはかまわぬが、静香を小莫迦にされるのだけは我慢ならぬ。

相手も尋常ならざる気配を察し、すっと身を離した。

後ろの連中も一斉に殺気を帯《お》び、刀の柄《つか》に手を添える。

琢磨が嘲笑《あざわら》った。

「わしは直心影流《じきしんかげりゅう》の免状《めんじょう》持《も》ちぞ。おぬしなど、ずんばらりんと斬り刻《きざ》んでくれるわ」

通行人たちが蜘蛛《くも》の子を散らすように逃れていった。

もはや、抜かざるを得ない。

瀬戸際まで追いつめられたとき、主税がひょこひょこ歩いてきた。

「ふほほ、果たし合いか」

琢磨はぎくりとする。

どうやら、主税に気づいていなかったらしい。

「ほほう、誰かとおもえば、佐土原家の御曹司《おんぞうし》ではないか。おぬしはいつまで親の臑《すね》をかじっておるのじゃ。佐土原どのに三顧《さんこ》の礼で頼まれても、おぬしのごとき穀潰《ごくつぶ》しに、うちのだいじな娘はやれぬぞ。あきらめよ。さもなくば、おのれの力で出世を遂《と》げてから、堂々と静香を貰《もら》いに来い」

口調は凛《りん》としており、相手を屈服《くっぷく》させるだけの迫力がある。

以前にもおそらく、同じ台詞を口走ったにちがいなかった。

琢磨はばつが悪いのか、抗《あらが》うことばもなく、口惜《くちお》しげに踵《きびす》を返すしかない。

徒目付の連中も後退り、こちらに背を向けると、参道の向こうへぞろぞろ去っていった。

「ほへえ、見直した、すげえ爺さんだぜ」

長元坊が手を叩いて喜んだ。

当の主税は好々爺《こうこうや》に戻り、空に浮かぶ鱗雲《うろこぐも》をぽかんと見上げている。

琢磨と出会ったことなど、おそらく、忘れてしまったのだろう。

亀は悲しげに俯《うつむ》き、静香は又兵衛の袖《そで》を摑《つか》んで泣きはじめた。

「気にするな。偶《たま》さか、運が悪かっただけのはなしだ」

「されど……」

「おぬしが三行半を書かせた理由もわかった。三年ものあいだ、よう耐えたな」

「……ま、又兵衛さま」

「わしは何ひとつ気にしておらぬ。すべて承知のうえで、おぬしといっしょになったのだ。さあ、今一度おふたりを千貫紅葉のもとへ」

「……は、はい」

静香は小さくうなずくと、主税と亀を連れて離れていく。

長元坊が溜息《ためいき》を吐《つ》き、のっそり身を寄せてきた。

「又よ、早う祝言《しゅうげん》をあげてやれ」

「ああ、そうだな」

もはや、面倒臭いなどとは言っていられない。

又兵衛は、心の底から祝言をあげねばならぬとおもった。

二

海晏寺での出来事は、すぐにでも忘れたかった。又兵衛にはそれができたものの、静香の受けた傷は深く、癒《い》えるまでには今しばらくの時が要ると感じられた。それでも何日かすると、静香は次第に持ち前の明るさを取り戻していった。

不審事があったのは紅葉狩りから七日ほど経ち、佐土原琢磨の顔も忘れかけた頃のことだ。

「旦那さま、たいへんだよ」

早朝、駆けこんできたのは、賄《まかな》いのおとよだった。

通いの回数は減らしたが、月に何度かは様子伺《うかが》いに来てくれる。

冠木門《かぶきもん》の外まで出てみると、無惨《むざん》にも猫の死骸が捨ててあった。

「まったく、誰がこんな悪戯《いたずら》をしたのかねえ」

静香や亀が出てこぬうちに、又兵衛は布で猫を包み、庭に埋めてやった。

腹と首の後ろを刃物で裂いてあり、もしかしたら、それは切腹をあらわすためにやったことで、何かの脅《おど》しかもしれぬと疑われた。

さらに翌晩、外で物音がしたので、又兵衛は褥《しとね》から跳ね起きた。

「何でしょう」

眠りの浅い静香も目を覚ましたが、猫のこともあるので無理にでも寝かせておく。

暗闇のなかに提灯《ちょうちん》を翳《かざ》してみると、冠木門の横木から無反《むぞ》りの本身《ほんみ》がぶらさがっていた。

「うぬっ」

切っ先から、血が滴《したた》っている。

おそらく、犬か猫の血であろう。

ここまでやられると、ただの嫌がらせで済ませておくわけにもいかなくなった。

翌朝、裃《かみしも》を纏って家から出ると、いつもなら挨拶《あいさつ》を交わす隣近所の連中がどうしたわけか、目を合わせようともしない。妙だなとおもいながら奉行所に出仕《しゅっし》し、ようやく理由がわかった。

同役の中村角馬が、好奇の目を向けてきたのだ。

「おぬしの妻女《さいじょ》、噂になっておるぞ。ここだけのはなし、まことに岡場所で春を売っておったのか」

「まさか、誰がそのようなことを」

「八丁堀じゅうの噂だぞ。平手又兵衛の押しかけ女房は、女郎あがりだとな。しかも、親子ともども帳外者《ちようがいもの》だったと申す者までおる」

「いったい、誰がさような戯言《ざれごと》を」

「ようは知らぬが、噂の出所は目白《めじろ》の御先手組に出入りする差口人《さしぐちにん》どもらしい」

「差口人」

「知らぬのか、火盗改のもとで使われている小者のことだ」

火盗改と聞いて、ぴんときた。

佐土原琢磨の顔が、忽然《こつぜん》と脳裏《のうり》に甦《よみがえ》ったのだ。

中村は言う。

「目白の御先手組と申せば、精鋭揃《ぞろ》いの弓組《ゆみぐみ》二番だぞ。兇悪《きようあく》な盗賊たちでさえ、組の名を聞いただけで震えあがる。ことに、召し捕り方筆頭与力の鮫島広之進《さめじまひろのしん》は情け無用、狙った獲物はかならず仕留めることで知られておる。盗賊どもから『目白鮫《めじろざめ》』なんぞと呼ばれ、えらく恐れられておってな。いずれにしろ、火盗改に任じられた長官が配下に置きたがる連中なのさ」

先手組は弓組十一組と筒組《つつぐみ》二十四組の三十五組からなり、各々《おのおの》、与力十名前後と同心約五十名を抱えていた。第八代将軍吉宗《よしむね》公のもと、先手組のひとつが加役《かやく》として火付盗賊改《ひつけとうぞくあらため》の本役を命じられ、別のひとつが冬から春にかけてのみの助《すけ》役《やく》となるように定められている。

弓組二番は代々手柄をあげてきたため、火盗改を拝命《はいめい》する回数が多く、ここ数年も本役を与《あずか》る栄誉に浴《よく》していた。

「そんな連中に目をつけられたら、夜もおちおち眠れぬぞ」

小心者の中村はわがことのように案じたが、弓組二番に属する誰かの差し金とは考えにくい。盗賊相手に荒っぽいやり方は講じても、町奉行所の与力相手に陰湿な嫌がらせをする連中とはおもえぬからだ。

やはり、佐土原琢磨の仕業《しわざ》にちがいない。琢磨の父はこのほど火盗改の長官に抜擢《ばってき》され、目白の精鋭を率いることになったのだ。もちろん、父の指図でもあるまい。差口人とは、罪を免《まぬが》れる代わりに火盗改の手下になった小悪党のことだ。新しい長官に恩を売りたい差口人たちを集め、琢磨があらぬ噂を広めさせたのだろう。

しかし、何のために。

他人の暮らしを破綻《はたん》させようと狙っているのだろうか。

そうしたくなるほど静香に未練があるのなら、又兵衛は夫として見過ごすことはできない。

どうすべきか考えあぐねていると、今度は内与力の沢尻から呼びだしが掛かった。

御用部屋へ出向いてみると、細い眸子を無理に開き、険しい顔を向けてくる。

「おぬし、また何かやらかしたのか」

先月、寺社奉行の筋から叱責《しっせき》されたことが念頭にあるのか、厄介者《やっかいもの》をみるような目つきをする。

予想どおり、火盗改の筋から文句があったらしい。

「新たに長官になられた佐土原采女《うねめ》さまのもとから御使者がみえてな。おぬしが琢磨さまというご子息に無礼な態度を取ったゆえ、急度叱《きっとしか》りおくようにとの仰せじゃ。いったい、何をした」

面倒臭くはあったが、海晏寺での出来事をかいつまんで告げた。

「ふうむ」

沢尻もさすがに同情し、腕を組んで考えこむ。

「酷《ひど》い仕打ちじゃな。しかも、猫の死骸を門前に捨てられ、血の滴った本身を門に吊るされ、あらぬ噂を流された疑いまであると申すのか。それがまことなら、逆しまに、抗議せねばならぬ」

「その必要はないかと。お気持ちだけでよろしゅうございます」

「さようか」

あっさり引きさがったので、肩透《かたす》かしを食らった気分になる。

「もうよいぞ」

「はあ」

腰をあげ、一礼して襖《ふすま》に手を伸ばした。

そこへ、おもいだしたように声を掛けられる。

「そういえば、かねてより世間を騒がす稲妻小僧《いなずまこぞう》のことは存じておろう」

関八州を股に掛け、豪商や豪農の蔵を荒らしまくり、金品を強奪するだけでなく、女子どもをふくめた殺しや火付けすらも厭《いと》わない。それこそ、火盗改が目の色を変えて追いかけている盗賊のことだ。捕まれば極刑まちがいなしの悪党一味を、どうやら一網打尽《いちもうだじん》にする端緒《たんしょ》が得られたらしい。

「捕り方の主力は火盗改じゃ。されど、一味は五十人からの数を揃えておるゆえ、町奉行所も手伝いに駆りだされる。総力をあげてかかることになるゆえ、おぬしら内勤にも声が掛かろう」

そうなれば、修羅場で火盗改の連中と角突《つの》き合わせることになるやもしれぬ。

「無論、われわれは火盗改の荒くれどもとはちがう。斬らずに捕らえるのが信条ゆえ、そもそも、連中とは反りが合わぬ。されど、そこは忍の一字で耐えねばならぬ。修羅場へ投じられたら、つまらぬ争いをしている暇《ひま》などないぞ。そのつもりでおるように」

「承知いたしました」

肝《きも》に銘《めい》じた顔で返事はしたものの、何やら不安になってくる。

夕刻、八丁堀の屋敷に戻ってみると、不安は見事に的中した。

玄関に足を踏みいれても、出迎える者とていないのだ。

「静香、何処《どこ》だ、何処におる」

声を嗄《か》らして叫んでも、返答はない。

勝手場の板の間に、おとよがぽつんと座っていた。

「あっ、旦那さま、お帰りなさい」

「静香は」

「居なくなっちまったよ」

「あたしが来たときにゃ、蛻《もぬけ》の殻《から》だった。大旦那さまも大奥さまもおられなくてね、みんなで出ていかれたんだなっておもったよ」

おとよは一連の不審事や悪評のことを知っている。それゆえ、容易におもいいたったようだった。

「可哀相に、居たたまれなくなっちまったのさ。奥さまはね、旦那さまがお好きだからと仰り、あたしに頭を下げて古漬《ふるづ》けの漬け方をお尋ねになったんだよ」

「さようなことがあったのか」

又兵衛は、がっくりと項垂《うなだ》れた。

大袈裟《おおげさ》なはなしではなく、魂《たましい》を抜かれたような気分だ。

もちろん、おとよが行き先を知るはずはない。

所在なく仏間へ足をはこび、仏壇の前に座って線香をあげた。

ふと、手許《てもと》をみれば、ふたつ並んだ戒名《かいみよう》のそばに文《ふみ》が置いてある。

「静香だな」

それと察し、急いで文を開いた。

——又兵衛さま、今日までの数々のご厚情《こうじよう》、老《お》いた両親ともども御屋敷に置いていただいたことなど、御礼のしようもございませぬ。これ以上、ご迷惑はお掛けできませぬゆえ、お暇《いとま》させていただきます。身勝手な仕儀をお許しくださ い。どうか、お捜しにならぬよう。おからだをご自愛くださいまし。かしく

文末に消え入るような字で「静香」と名が記され、香の字が涙で滲《にじ》んでいた。ともに暮らした短い日々の思い出が脳裏を駆けめぐり、居ても立ってもいられなくなる。

そんな自分が不思議でたまらない。

独り身ならば、あれこれ悩む煩《わずら》わしさもなかったであろうに。

だが、所帯を持ったことに後悔はなかった。今は一刻も早く、静香と両親をみつけださねばならない。

又兵衛は一升徳利《いっしょうどくり》と古漬けを抱え、屋敷から飛びだした。

三

行く先に心当たりはない。

知っていそうな人物は、世捨て人のごとき風貌の小見川一心斎であった。静香との縁を結んだ剣の師匠が知っているかどうかはわからぬが、ほかに頼るべき者

は浮かんでこない。

又兵衛は裾《すそ》を端折《はしょ》って南茅場町《みなみかやばちょう》まで駆け、鎧の渡しから小舟に乗った。

小舟は夕焼けを映《うつ》す日本橋川に水脈《みお》を曳《ひ》き、箱崎《はこざき》の手前で左手に折れる。行徳河岸に沿って滑るように進み、葭《あし》の茂る三《み》つ叉《また》を通りすぎるや、対岸の深川を遠くに眺めながら大川《おおかわ》を一気に横切った。さらに、万年橋《まんねんばし》を潜って小名木川《おなぎがわ》を東に進み、新高橋《しんたかばし》を潜りぬけ、大横川《おおよこがわ》と交《まじ》わる猿江河岸《さるえがし》で陸《おか》にあがる。

薄闇に包まれた摩利支天宮《まりしてんぐう》の門前から、又兵衛は猿江裏町《さるえうらまち》の露地裏《ろじうら》へ向かった。

九つから「つ離れ」の十《とお》になり、ひとりで通うように命じられた道程《みちのり》である。小童《こわっぱ》が通うには遠すぎて、往生《おうじょう》したのをおぼえていた。

古びた平屋の門前に立てば、外された看板の痕跡《こんせき》をみつけることができる。

三年余り前までは「香取神道流　小見川道場」という看板が掛かっていた。八丁堀周辺にも数多《あまた》の剣術道場があるのに、父の一存で小見川道場の門弟にさせられた。一心斎の風貌を気に入ったから決めたらしいが、それが真実だとすれば、父も相当に変わっているとしか言いようがない。

一心斎は「関八州に敵無し」と評されたほどの剣客だったという。だが、不思議なことに、剣術の手ほどきを受けた記憶がなかった。「剣はおのれで学ぶものだ」というのが口癖で、いつも酒臭い息を吐いていた。それが師匠というものだとおもいこみ、何年も竹刀《しない》や木刀を振りつづけるうちに、師匠を軽々と超えてしまうほどの力量になった。

それゆえか、小見川一心斎のまことの強さは、いまだにわからぬ。「道場を継《つ》いでほしい」という願いを断ったのも、町奉行所の与力と両立できぬというのは表向きの理由で、今ひとつ信用できなかったからだ。

還暦《かんれき》を疾《と》うに過ぎているにもかかわらず、一心斎は呑む打つ買うの三道楽煩悩《さんどらぼんのう》から解きはなたれずにいる。会えば金の無心をされるため、つい足が遠退《とおの》いてしまっていた。今から半年ほど前、一年ぶりに訪れた際、唐突《とうとつ》に「嫁を貰わぬか」と水を向けられたのだ。断るつもりだったが、何の因果《いんが》か、紹介された静香とひとつ屋根の下で暮らすことになった。

それを誰よりも喜んだのは、もちろん、一心斎にほかならない。

「ほらな、一本取られたであろう。静香に会えば、気に入らぬはずがないのじゃ」

祝杯をあげながら発した得意げな台詞も、今となってみれば、虚《むな》しいものに感じられる。

又兵衛は溜息を吐き、朽《く》ちかけた門を潜った。

放ったらかしの庭は、枯《か》れ木《き》や雑草で埋め尽くされている。

薄暗い道場の敷居をまたいだ途端、黴臭《かびくさ》さに鼻をつかれた。

雪駄《せった》を脱ぎ、冷たい板の間へあがる。

——みしっ。

床の軋《きし》みに反応し、奥から一心斎があらわれた。

頭髪も髭《ひげ》も、雪をかぶったように白い。

「又兵衛か、こそ泥かとおもうたぞ」

奪われるものなど、何ひとつあるまい。こそ泥も避けて通るはずだとおもいつつも、背筋を伸ばして一礼する。

「先生、静香が家を出ていきました」

「ふん、さようか」

「驚かれませぬな」

「まあ、長い人生、そうしたこともあろう」

「行く先にお心当たりは」

「なくはない。されど、まずはほれ、それを」

目敏《めざと》くみつけた一升徳利を指差し、一心斎はくるっと踵を返す。

又兵衛は仕方なく、奥の部屋へ向かった。

ささくれ立った畳に罅割《ひびわ》れた壁、あいかわらず殺風景な部屋だが、床の間だけは磨きこまれており、壁には太い字で「身心脱落《しんじんだつらく》」と書かれた軸《じく》が掛かっている。

たしか、半年前には「無我無心《むがむしん》」という軸が、その一年前には「生死岸頭《せいしがんとう》」という軸が掛かっていた。どうやら、その時々の心境を禅語《ぜんご》に託し、一心斎はみずから筆を執《と》っているらしい。

「説《と》くまでもなかろうが、身心脱落とは煩悩を捨て、いっさいの執着から離れることじゃ。わしもようやく、道元禅師《どうげんぜんじ》の心境に達したのよ。ここまでの道程をおもえば、気が遠くなるほど長いものであったわ」

などと言いながら、ぐい呑《の》みを差しだしてくる。

まさしく、煩悩のかたまりではないか。

酒を注いでやると、一心斎は我慢できずに唇《くちびる》を近づけた。

表面を嘗《な》め、こくりとひと口呑み、眉尻を下げて微笑《ほほえ》む。

「まろやかじゃのう。新酒か」

「ええ、まあ」

「やっぱりな、下《くだ》り酒《ざけ》はこうでなくてはならぬ」

一心斎は納得したようにうなずき、すきっ歯で大根の古漬けを囓《かじ》った。

「ぬふっ、舌が痺《しび》れるわい。これはあれか、おとよとか申す賄い婆の古漬けか」

「いかにも」

「ふむ、又兵衛よ、わしはな、まことのことを申せば、乙《おつ》に構えた道元は好かぬ。やはり、禅の師は栄西《えいさい》じゃな」

いきなり筆を取り、畳に字を書きだす。

——活殺自在《かっさつじざい》。

と、読めた。

「虎のごとく躁《おど》り、龍のごとくに奔《ほとばし》る。星のごとく馳《は》せ、雷《かみなり》のごとく激し、天《てん》関《かん》をひるがえし、地軸《ちじく》をめぐらし……禅とはすなわち、活殺自在なりしもの。曹《そう》洞宗《とうしゅう》よりも臨済宗《りんざいしゅう》の教えが性に合っておるのじゃ。のう、おぬしもそうであろう」

「はあ」

一心斎は二杯目に口をつけ、おもむろに発した。

「ところで、何故に静香は家を出た」

海晏寺で運悪く元夫に遭遇《そうぐう》したこと、屋敷の周辺で不審事がつづいたこと、近所で妙な噂を立てられたことなど、又兵衛は包み隠さずにすべてを語った。

「佐土原琢磨のことは、静香から少しばかり聞いておった。されど、そこまで酷い男だったとはな」わしなら、斬り捨てておったやもしれぬ」

「何を仰せになります。「怒りに任せて刀を抜いてはならぬと、先生は口が酸っぱくなるほど説いておられたではありませぬか」

「わしの教えを守ったとでも言いたいのか」

「ええ、そうですよ」

「師匠のせいにするな。琢磨なる元夫は人間の屑《くず》じゃ。屑を生かしておいたら、世のためにならぬ。素直に失態をみとめよ。おぬしは機を逸《いっ》したのだと言いたいところじゃが、まあ、斬らずにおいてよかったやもしれぬ。そんなやつと共倒れさせるために、静香を娶《めと》らせたわけではない。大身《たいしん》旗本の御曹司を斬って、おぬしに切腹でもされたら、わしとて夢見が悪いわ」

「静香は戻ってまいりましょうか」

「それは、おぬし次第であろうな」

「それがし次第」

「そうじゃ。戻ってほしいという切なる気持ちが伝われば、静香も少しは考えようというもの。どうなのじゃ、戻ってきてほしいのか」

「無論にござる」

「しゃっちょこばるな。心の叫びを聞かせてみせよ」

「はい、静香に戻ってきてほしゅうござります」

じっとみつめられたので、真剣な顔でみつめ返す。

一心斎は口を窄《すぼ》め、大袈裟に驚いてみせた。

「ほう、おぬしがそこまで気持ちを晒《さら》すとはな、めずらしいこともあるものじゃ。おぬしは幼《おさな》い頃から、鬱《ふさ》ぎこむ癖があった。こうしたいとおもうても、顔にはいっさい出さぬ。父やわしにさえ、心を頑《かたく》なに閉ざしておった。原因はわしかもしれぬ。じつは、おもいあたる節《ふし》があってな。おぬしが父に連れられて、道場の門を敲《たた》いた日のことじゃ。わしは童子《どうじ》のおぬしに、命の儚《はかな》さを教えようとおもい、庭で飛蝗《ばった》を捕まえ、廊下の床で踏みつぶしてみせた。おぬしはたいそう堪《こた》えたらしく、しばらく震えを止められずにいた。ひょっとしたら、あのとき飛蝗を潰したことが、おぬしの人となりに暗い影を落としたのやもしれぬ」

「おそらく、それはちがいます」

きっぱりと、又兵衛は言いきる。

「鬱ぎこむ性分は生来のもの、飛蝗のせいではありませぬ」

「さようか、ならばよいのじゃ。ま、案じることはあるまい。おぬしは何も考えておらぬようにみえて、心の底には熱いものを秘めておる。本来、剣客とはそうしたもの。真剣を握って立ち合《お》うた際、相手にみずからの心を晒せば、命取りになりかねぬゆえな。されど、おなごを相手にしたときは、ちとちがうぞ。みずからを正直に晒さねばならぬときもある。男と女は難しい。なかなか、以心伝心とはいかぬものよ」

「先生、無駄話はそのくらいにして、そろりとまいりましょう」

「何処《いずこ》へ」

「無論、静香の行き先でござる」

「ああ、そうであったな」

何のことはない、向かったさきは永代寺門前の『瓢簞亭《ひょうたんてい》』だった。

大身旗本の家が零落《れいらく》したあと、静香が下女奉公していた料理茶屋だ。

見世の主人は静香が両親と暮らしていた裏長屋の所在を教えてくれた。一《いち》の鳥居《とりい》を潜ったさきの露地裏にあり、地の者が「裾継《すそつぎ》」と呼ぶ岡場所と隣り合う棟割《むねわり》長屋だが、大家に尋ねてみると、又兵衛に嫁いだあとは一度も見掛けたことがないとのことだった。

がっくりと肩を落とし、つきあってくれた一心斎ともども帰路をたどった。

「まあ、容易《たやす》くみつかるものでもあるまい。瓢簞亭の主人も、貧乏長屋の大家も、言うておったではないか。おぬしのもとへ嫁ぐことが決まり、静香は心の底から嬉しそうにしておったと。それをみた自分たちも幸せな気持ちになったとな。それがわかっただけでも、めっけものじゃわい」

「はあ」

「待てば甘露《かんろ》の日和《ひより》ありという格言もある。気楽に待っておれば、ひょっこり帰ってくるかもしれぬぞ」

慰《なぐさ》めてもらっても、かえって淋しさは増し、途方に暮れてしまう。

零落したとはいえ、静香は武家に生まれた女だ。一度こうと決めたら、意地でも節《せつ》を曲げまい。

「是が非でも」

こちらからみつけてやらねばならぬと、又兵衛は胸につぶやいた。

四

五日後、神無月《かんなづき》二十日。

静香と両親の行方が杳《よう》として知れぬなか、町奉行所に出役《でやく》の要請が掛かった。

要請元は新たに「弓組二番」を束《たば》ねることとなった火盗改長官の佐土原采女、捕縛《ほばく》すべき凶賊《きようぞく》は市中を騒がす稲妻小僧にほかならない。

内勤の又兵衛も駆りだされ、すでに日暮れ過ぎから浅草駒形八幡町《あさくさこまがたはちまんちよう》にある清水稲荷《しみずいなり》の御堂内で待機を余儀なくされている。稲妻小僧が狙うのは『初雁屋伝右衛門《はつかりやでんえもん》』という札差《ふださし》の金蔵、清水稲荷から蔵前《くらまえ》のほうへ五町ほど離れた黒船町《くろふねちよう》の一角にあった。

あくまでも主役は火盗改の連中なので、後詰めを命じられた町奉行所の捕り方は詳しいはなしを聞かされていない。一味のなかから内通する者があったらしいということと以外、頭目《とうもく》の名すら知らされていなかった。

「ふん、莫迦にしくさって」

後詰めの指揮を執るのは、吟味方与力の永倉左近《ながくらさこん》である。

南町奉行所では「鬼左近《おにさこん》」の異名を取る永倉も、今宵《こよい》ばかりは主役の座を火盗改に譲らざるを得ず、それがよほど口惜しいのか、左右に飛びだした鰓《えら》を震わせながら悪態ばかり吐《つ》いていた。

百人近くが鮨詰《すしづ》めに座らされているので、堂内はむんとするほどの熱気と汗臭さに包まれている。

「鬼左近が怒るのもわからぬではない」

と、同役の中村角馬が汗を滲ませながら囁《ささや》いた。

「そもそも、何故にわれらが、火盗改の手伝いをせねばならぬのだ」

それに関して言えば、新たに長官となった佐土原釆女が江戸城内で筒井伊賀守に声を掛け、袖を取って控え部屋に誘いこむなり、初手で大手柄をあげさせてほしいと頼みこみ、土下座までしてみせた。人のよい筒井が仕方なく承諾してしまったというのだが、あくまでもそれは噂にすぎない。

いずれにしろ、平常から「水と油」と目されており、町奉行所の連中は火盗改の下に置かれることが心情として許せぬのだ。

刀を抜いたこともない中村でさえもが「体面に関わる」などと、肩を怒らせてみせる。誰が主役になろうと、兇悪な盗人《ぬすっと》どもを捕縛できればよいだけではないかと考える又兵衛にしてみれば、捕り方同士の意地の張り合いなど、滑稽《こっけい》な見世物にしか映らなかった。

「せめて、持ち場につく刻限だけでも知りたいものだな」

中村が溜息とともに漏らす。

そこへ、物々しい装束《しょうぞく》の連中がやってきた。

火盗改である。

ざわつく捕り方に向かって、永倉が静まるように命じた。

「火盗改のお長官《かしら》、佐土原采女さまにお越しいただいた。みなの者、お長官直々《かしらじきじき》に激励《げきれい》のおことばを賜《たまわ》る。しかと拝聴《はいちょう》せよ」

まるで、自分が骨を折ったとでも言わんばかりに、永倉は胸を張ってみせる。

佐土原は濡《ぬ》れ鴉色《がらすいろ》の陣羽織《じんばおり》を纏い、塗りの陣笠《じんがさ》まで着けているものの、肥《こ》えた狸《たぬき》のごとき体軀《たいく》を隠すことはできない。

あれが静香の元舅《しゅうと》なのかとおもえば、げんなりもするが、格別な感慨はない。

佐土原は太鼓腹《たいこばら》をしんどそうに揺すり、よいしょっと漏らしながら一段高い壇上にあがった。

「大儀」

疳高《かんだか》くひとことだけ発し、壇上から降りていく。

「おいおい、あれだけか」

ざわつく捕り方を尻目に、佐土原はそそくさと堂内から出ていってしまう。

入れ替わるように壇上へあがったのは、目つきの鋭い大柄な人物だった。

「目白鮫だぞ」

誰かが囁く。

今宵の総指揮を任された鮫島広之進であった。

隠然《いんぜん》とした迫力に気圧《けお》されたのか、永倉左近の影は薄い。

壇上の左右をみれば、いつの間にか、火盗改の若手が整然と並んでいる。

鮫島が目配せすると、若手の連中が一斉に紙を配りはじめた。

手許に届いたのは手配書で、凶賊の人相が描かれている。

「稲妻の弥源太《やげんた》、それが一味の頭目だ。左の頰《ほお》に刀傷がある。面相を頭に刻みこめ。そやつを取り逃がしたら、今宵の捕り物はなかったも同然になる」

文句を言わせぬ勢いに呑まれ、堂内はしんと静まりかえった。

鮫島は微動だにせず、淡々《たんたん》とつづける。

「金蔵の周囲に網を張る。蔵前大路《くらまえおおじ》は無論、すべての露地、御厩河岸《おうまやがし》の渡し場にいたるまで、漏らさずに捕り方を手配りせよ。刻限は亥ノ刻《いのこく》（午後十時頃）より一刻（約二時間）から二刻（約四時間）のあいだ、賊どもに仕事をさせたのち、一網打尽にする。各自、手抜かりなきよう」

毅然《きぜん》とした態度で言い置き、配下ともども風のように去っていく。

「惚《ほ》れ惚《ぼ》れとする御仁《ごじん》だな」

多くの捕り方は、感嘆する中村と同じ気持ちのようだ。

永倉だけが歯嚙《はが》みしながら口惜しがっている。

目白鮫と鬼左近を並べてみれば、風格の差は歴然としており、今は誰もが火盗改の風下に立つしかないものとあきらめていた。おそらく、それも狙いのひとつだったのかもしれない。ともあれ、誇り高き火盗改の連中がわざわざ後詰めに足労《そくろう》を願うのは稀《まれ》にもないことだけに、新たな長官の門出を飾るべく、どうあっても失敗できない事情が窺《うかが》われた。

夜が更《ふ》けゆくと、次第に緊張が高まってくる。

――ごおん。

亥ノ刻を報《しら》せる鐘音《かねおと》に、心ノ臓がどきりと反応した。

捕り方は少人数に分かれ、各々の持ち場へ散っていく。

夜の巷《ちまた》は静寂に包まれていた。

ひんやりとした空気を吸い、白い息とともに吐く。

河岸のほうに仄白《ほのじろ》くみえるのは、駒形堂《こまがたどう》であろうか。

大川を遡上《そじよう》する猪牙《ちよき》からは、白馬が奔《はし》っているようにみえるらしい。

又兵衛は内勤の同心ふたりを率い、川沿いの道をたどっていった。

駒形河岸を抜け、諏訪町河岸《すわちようがし》のなかほどまでやってくる。

札差の金蔵があるのは二町ほどさきの黒船町だが、そこまでは行かず、黒船河岸との境目より少し手前で足を止めた。

「持ち場はここだな」

又兵衛のことばに、同心のひとりがこたえる。

「物淋しいところです。誰も来そうにありませぬな」

すると、別のひとりが口をひらいた。

「黒船河岸の手前までは漁が禁じられておるゆえ、平常から釣り人もおらぬのですよ」

「ふうん、なるほど」

いずれも痩《や》せて貧相な同心たちは、ひとりが山岸《やまぎし》、別のひとりが川俣《かわまた》と名乗った。

　最初からおぼえる気がないので、山と川で区別しようとおもったが、どっちが山だったかもわからなくなる。亥中《いなか》の月（二十日月《はつかづき》）は夜空にあるものの、提灯を点《つ》けられぬので、顔の判別も難しい。

「川風が身に沁《し》みますな」

　筒袖《つつそで》に股引《ももひき》の上に手甲脚絆《てっこうきゃはん》を着け、しかも、首には布を何重にも巻いている。同心ふたりは温石《おんじゃく》まで抱えているが、川風が吹きつけるたびに唇を震わせた。

　又兵衛も手を擦りあわせ、足踏みをしつづける。

　持ち場について一刻ほど経過しても、黒船町のほうからは物音ひとつ聞こえてこない。

「おや、平手さま、あれを」

　同心のひとりが指を差したので、汀《みぎわ》に近づいてみる。

「ん、小舟が繋いであるな」

　調べてみると、充分に使える小舟だった。

　妙なのは、ここは漁が禁じられている場所ということだ。

「もしや、賊どもが用意した小舟では」

「まさか」

とはおもったが、一応は検《あらた》めてみなければならぬ。

小舟の位置から遡《さかのぼ》り、金蔵までたどってみようとおもった。

まんがいちにも捕り方に出会わぬ道筋がみつかれば、それが逃走経路となる公算も大きくなる。

同心ふたりを持ち場に残し、又兵衛はひとりで暗闇に踏みこんだ。

すぐさきの黒船河岸にはかなりの人数が割《さ》かれており、三好町《みよしちよう》河岸《がし》から御厩河岸の渡しにかけては、さらに多くの手配がなされている。

又兵衛は河岸から離れ、黒船町の露地へ向かった。

絵図でも確かめてあったが、露地は縦横《じゆうおう》に五本ずつ走っており、それらが交わる辻《つじ》にも捕り方が配されている。もちろん、金蔵が面する大路や、通りを渡った向こうの寺領や町人地にも相当な人数が配されていた。

肝心の火盗改は五十人ほどからなり、三人一組で金蔵の周囲に潜《ひそ》んでいるはずだ。

金蔵までの道筋をたどったかぎり、逃走経路はすべて塞《ふさ》がれている。

「やはり、蟻《あり》の這《は》い出る隙《すき》もなしか」

金蔵から露地のひとつを通り、来た道を戻りはじめた。

河岸に繋がれた小舟は案ずるにはおよぶまい。だいいち、賊の数は二十や三十は平気で超えているようだし、小舟一艘《そう》で逃走をはかるとは考えづらいからだ。

「心配は無用か」

辻に屯《たむろ》する捕り方に会釈《えしゃく》し、河岸のそばまで戻ってきた。

道のすぐわきに、石仏が立っている。

馬頭観音《ばとうかんのん》であろうか。

何となくそばに寄り、両手を合わせてみた。

すると、石仏の向こうが、こんもりと盛りあがってみえる。

誘われるように近づくと、枯れ草に覆《おお》われた素掘りの古井戸《ふるいど》があった。

小石を投げても、水音はしない。

「空井戸か」

又兵衛は周囲を見まわした。

捕り方の屯する辻は近いが、半町（約五十五メートル）ほど離れている。

反対側の河岸は、例の小舟がある辺りまで、捕り方と遭遇することはない。

ひょっとしたらと、又兵衛は考えた。

金蔵のそばにも井戸があり、横穴で通じていれば、この古井戸から逃走することができることになる。

金蔵へ近づき、井戸の有無を確かめておくべきかもしれぬ。

又兵衛は踵を返し、一歩踏みだす。

――ぬおお。

突如《とつじょ》、怒声《どせい》が湧《わ》きあがった。

金蔵のほうだ。

各所に御用提灯《ごようぢょうちん》が立ちあがり、剣戟《けんげき》の金音さえも聞こえてくる。

「はじまった」

又兵衛は逸《はや》る気持ちを抑《おさ》え、古井戸のそばに踏みとどまった。

五

――ぬわああ。

四半刻《しはんとき》（約三十分）が過ぎても、捕り物はつづいている。

又兵衛は耐えきれず、金蔵のほうへ駆けだした。

すると、行く手から、捕り方がひとり走ってくる。

火盗改の若手であった。

「そっちはどうだ」

声を掛けると、若手は必死の形相《ぎょうそう》でこたえる。

「頭目の弥源太を逃しました。何処にもおりませぬ」

はっとして、ふたたび、又兵衛は踵を返した。

予感がはたらいたのだ。

「あっ」

そばまで近づいた若手が、古井戸のほうを指差した。

暗闇の狭間《はざま》に、人影がひとつ躍《おど》りだしてくる。

すぐにふたり目がつづき、三つ目の人影を目に留めたところで、又兵衛と若手は追いついた。

馬頭観音の石仏を通りすぎ、ぱっと二手に分かれる。

「待て、くせもの」

若手が叫び、本身を鞘走《さやばし》らせた。

河岸のほうへ逃げる三人の行く手には、又兵衛が立ちはだかる。

「くそったれめ」

悪態を吐いた男の面相は、人相書に似ていた。

左の頰に刀傷もちゃんとある。

「おぬし、頭目の弥源太だな」

「てめえ、町奉行所の役人か」

「ああ、そうだ。神妙にしろ」

「けへへ、甘《あめ》えな。盗人ってなあ、斬るよりお縄にするほうが難しいんだぜ」

「言いたいことは、それだけか」

「まあな」

「されば、まいるぞ」

又兵衛は歩きながら、腰の刀を抜きはなつ。

月影を反射させた本身の輝きは鈍《にぶ》い。

刃引刀《はびきとう》なのだ。

紺屋町《こんやちょう》で求めた鈍刀《なまくら》の刃《やいば》を、馴染《なじ》みの研《と》ぎ師《し》に潰してもらった。

それゆえ、斬れ味は無いが、骨を砕《くだ》くことはできる。

臑や腿《もも》や二の腕は骨が硬くて太すぎるので、狙い目は手甲《てこう》などだが、手甲程度ならば逃げられなくもない。折れやすいうえに、もっとも効果が期待できるのは、肋骨《あばらぼね》にほかならなかった。

「死ね」

ふたりの乾分《こぶん》どもが匕首《あいくち》を抜き、左右からほぼ同時に突きかかってくる。

又兵衛は避けもせずに踏みこむや、左の相手を一刀で袈裟懸《けさが》けにし、すかさず、右の相手を逆袈裟《ぎやくけさ》に斬りさげた。

――ばすっ、ばすっ。

目にも留まらぬ太刀捌《たちさば》きである。

後ろの弥源太が目にしたのは、八の字の閃光《せんこう》だけだろう。

乾分ふたりは白目を剝き、その場にくずおれていった。

見事に肋骨を断《た》たれ、昏倒《こんとう》してしまったのだ。

「くっ」

かなわぬとおもったのか、弥源太はひらりと背を向けた。

匕首を抜き、立ちはだかる若手に突きかかっていく。

「おらっ、退《ど》きやがれ」

若手は刀を頭上に持ちあげたまま、石仏のように固まっている。

緊張で足が動かぬのだ。

「死ね」

弥源太は頭から突っこみ、匕首を繰りだした。

仰《の》け反《ぞ》る若手は、必死に刀の棟区《むねまち》で受ける。

――がつっ。

受けた拍子《ひょうし》に鬢《びん》を裂かれ、鮮血が飛び散った。

「もらったぜ」

弥源太の声を聞きながら、又兵衛は咄嗟《とっさ》に十手を投げつけた。

十手は糸を引くように伸び、先端が盆《ぼん》の窪《くぼ》に命中する。

「うっ」

弥源太は短く漏らし、顔から地べたに落ちていった。

尻餅《しりもち》をついた若手が、むっくり起きあがってくる。

「……か、かたじけのうござります」

「礼はいい、そやつを縛れ」

「はっ」

若手は懐中から細縄を取りだし、弥源太を後ろ手に縛りつけた。

「ふむ、それでよい。頬の傷は平気か」

「掠《かす》り傷《きず》にございます」

「そうか。ひとつだけ申しておこう。受けずに斬る。それが剣の錬《ね》りどころと、剣術の師匠に教わった。召し捕り方を長くつづけるつもりなら、さきほどのごとく受け身になってはならぬ。みずから踏みこまねば、命を落とすぞ」

「はっ、肝に銘じましてございます」

若手が一礼したところで、縛られた弥源太が目を覚ます。

「……ぬう」

首を左右に振り、見下ろすふたりを交互に睨んだ。

「へへ、大手柄じゃねえか。てめえ、名は」

「刈谷政之助《かりやまさのすけ》だ」

「ふん、てめえじゃねえ。刃引刀のほうだ」

弥源太に三白眼《さんぱくがん》で睨まれ、又兵衛は溜息を吐いた。

「おぬしは獄門《ごくもん》になる。死にゆく者に名乗ることもあるまい」

「頼む、教えてくれ」

「平手又兵衛だ」

「ふうん、町奉行所の捕り方にも、骨のある役人がいたってことか。そいつだけは読めなかったぜ。あんた、与力か」

「ああ、手伝いに駆りだされた例繰方の与力だ」

「へえ、外廻りじゃねえのか」

「残念ながらな」

「へへ、どうりで、読みが外れたわけだ。おめえさん、寝首を掻《か》かれねえように気をつけな」

虚勢《きよせい》を張るにしては、態度に余裕がありすぎる。

そいつだけは読めなかったとは、どういうことなのか。

又兵衛が疑念を抱いたところへ、河岸のほうから「山」と「川」がやってきた。

「平手さま、どうなされた」

ふたりの同心は弥源太の顔を確かめ、腰を抜かしかける。

「平手さま、こやつ、人相書にあった頭目ではござりませぬか。ぬはっ、大手柄にござりますぞ」

はしゃぐふたりのかたわらで、刈谷政之助と名乗る若手は悄気《しょげ》返《かえ》っている。

自分は命じられて縄を打っただけで、手柄をあげたのは又兵衛だとみとめざるを得ないからだ。

黒船町のほうからも、別の一団がやってきた。

筆頭与力の鮫島率いる精鋭の抜刀隊《ばっとうたい》である。

「おい、刈谷、そこで何をしておる」

上役らしき相手に質《ただ》され、刈谷は大声で応じた。

「頭目の弥源太にござります。弥源太を捕らえました」

「何だと」

信じられぬという顔で、精鋭どもが近づいてきた。

鮫島が身を寄せ、弥源太の面相を確かめる。

「ふむ、まちがいない。刈谷、ようやった」

「はあ」

「どうした、顔色が冴《さ》えぬぞ」

「じつは……」

何か言いかけた刈谷を、又兵衛が遮《さえぎ》った。

「鮫島さま、それがしが証人でござる。刈谷どのは大手柄をあげられた。褒《ほ》めてあげてください」

「ん、おぬしの名は」

「別に名乗るほどの者ではござりませぬ。偶さか配されたところへ、頭目が飛びこんできただけのはなしにござる」

「さようか。ふむ、わかった。されば者ども、弥源太と手下どもを引っ立てよ」

「はっ」

鮫島の手下たちが、水際だった動きをみせる。

立たされた弥源太が、こちらに笑いかけてきた。

「けっ、格好つけやがって」

背中を小突かれながら、火盗改の連中に連れていかれる。

去りかけた刈谷政之助が振りかえり、深々と頭を下げた。

事情をよく呑みこめぬ「山」と「川」が、不満顔で問うてくる。

「平手さま、乾分どもはいずれも肋骨を折られておりました。あれはもしや、平手さまがやられたのでは。だいいち、刈谷なる若手は真剣を握っておりましたぞ」

「さようか」

「おとぼけなさるな。火盗改ならば、頭目も縄を掛けずに斬っていたにちがいない。三人とも捕縛できたとなれば、奇蹟《きせき》と申すしかござりますまい」

「そうかもな」

「平手さま、何故《なにゆえ》、あの若造に手柄をお譲りになったのですか」

「ようわからぬ」

同心たちが地団駄《じだんだ》を踏んで口惜しがっても、納得させられるような返答はできそうにない。

手柄をあげて誰かに褒められても、面倒臭いだけのはなしだ。例繰方から吟味方に移る気はないし、出世して永倉左近や山田忠左衛門のようになりたくもない。

正直、手柄などはどうでもよかった。

それより、弥源太の余裕ありげな態度のほうが引っかかる。

捕まれば極刑は確実なのに、恐れる様子もなく、達観しているふうでもなかった。あり得ぬこととはおもうが、何らかの企《くわだ》てを胸に秘めているようにも感じられ、疑えばいっそう闇は深まっていく。

夜空を見上げれば、月は叢雲《むらくも》に隠されていた。

「われらは納得できませぬぞ」

未練たらしく愚痴《ぐち》を吐く同心たちを尻目に、又兵衛はもう一度祈りを捧《ささ》げるべく、馬頭観音のほうへ歩みよった。

六

失ってしまったものに未練を残すのは莫迦げたことだし、あれこれ思い悩むのは時の無駄だと、役所勤めをはじめた頃から考えてきた。だが、今はちがう。静香への恋情《おもい》はいや増しに募《つの》るばかりで、行く先の端緒すら摑めぬみずからの不甲《ふが》斐《い》なさに嫌気がさしている。

出役から三日後の朝、いつもどおりに鶴之湯へやってくると、番台から庄介が喋《しゃべ》りかけてきた。

「あれ、おひとりさんで。さきほど、お義父上《ちちうえ》がおみえになりましたよ」

「えっ」

驚きすぎて、問いかえす台詞も出てこない。

「婿《むこ》を忘れてきたから、また来ると仰せになり、お帰りになりましたけど」

「まことか」

「ええ、まことでござんす」

主税は風呂に浸からずに居なくなったという。

「何処へ行った」

「何処へって、八丁堀のご自宅でござんしょう」

「じつはな、家を出ていったのだ。今日でもう、八日になる」

「おやまあ、気づきませんで。ご愁傷《しゅうしょう》さまにござります」

真剣なのか、ふざけているのか、庄介は笑みまじりで気軽につづける。

「案じることはござんせん。きっとまた、お顔をおみせになりますよ。そんときは風呂焚《ふろた》きの小僧に命じて、旦那のもとへひとっ走りさせやすから」

「頼む」

「ええ、お任せを」

胸をぽんと叩く庄介が、いつになく頼もしい。

少なくとも、主税は鶴之湯をおぼえていたのだ。別の日にまた顔をみせる公算は大きく、遭遇できれば静香のもとへたどりつけるかもしれない。

僥倖《ぎょうこう》と言ってもよかろう。

手っ取り早く風呂に浸かって屋敷へ戻ると、大柄な侍がひとり冠木門のそばに立っていた。

何と、火盗改の鮫島広之進である。

「平手又兵衛どのか」

鮫島は名を呼び、丁寧《ていねい》にお辞儀をした。

先日の居丈高《いたけだか》な態度からは想像できない。

狐《きつね》につままれたような顔で聞きかえす。

「いったい、どうなされたのですか」

「稲妻の弥源太を捕らえた顚末《てんまつ》、刈谷政之助から詳細を聞いた。すべて、おぬしの手柄であったとな。あやつめ、良心の呵責《かしゃく》に苛《さいな》まれておったらしい。ともあれ、手柄を譲ってもらい、申し訳なかった」

「何かとおもえば、さようなことですか」

「些細《ささい》なことではない。一番手柄を町奉行所に奪われたとあっては、われら火盗改の立場がなくなる」

「それがしが黙っておれば済むはなしです。どうか、お気になさらぬように」

「それがな、そうも言っておられぬ事態となった」

鮫島は喉仏《のどぼとけ》を上下させ、困った顔でつづけた。

「じつは、弥源太が牢《ろう》を破ったのだ」

「えっ」

佐土原采女の長官就任に合わせ、駿河台《するがだい》の佐土原屋敷が火盗改の役宅となった。罪人を留めおく牢も屋敷内に仮設され、捕縛された連中はそちらに繋がれた。頭目の弥源太だけは別の牢に入れ、厳重に警戒していたのだが、昨晩遅く、まんまと牢を破られたのだという。

鮫島は朝まで寝ずに探索の指揮を執り、その足で八丁堀へやってきたらしかった。

どうりで、目が赤い。

「鍵役《かぎやく》が戸口で首を絞《し》められておった。おそらく、言葉巧《たく》みに口説《くど》かれ、うっかり鍵を開けてしまった直後、殺《あや》められたに相違《そうい》ない」

鍵役が盗人に口説かれたなどと言われても、とうてい信じ難《がた》いはなしだ。

「弥源太は油断のならぬ男でな」

盗人仲間のあいだでは「口説きの弥源太」などと綽名《あだな》され、話術が巧みなことで知られていた。

「おおかた、命を救ってくれたら隠し金を渡すとでも囁いたのだろう」

「それにしても、迂闊《うかつ》すぎますね」

「たしかにな。前代未聞の失態だ。表沙汰《おもてざた》になれば、弓組二番は火盗改の加役を解かれるやもしれぬ。わしひとりが腹を切って済むようなはなしでもない。火盗改の権威そのものが失墜《しっつい》し、悪党どもが大手を振って蔓延《はびこ》る事態にでもなれば、いくら後悔しても後悔しきれぬ」

鮫島の苦悩はわかったし、手助けしたい気持ちにもなってくる。

「ともあれ、弥源太は逃げた。恐い物知らずの男ゆえ、おぬしのもとへ意趣返《いしゅがえ》しに来るやもしれぬ」

「なるほど、それでわざわざ、お越しになったのですか」

「まあな。立ち入ったことを聞くが、おぬしは独り身か」

「はあ、今は」

「今はそうでも、いつもはちがうと」

「じつは、妻とその両親が家を出ていきました。今は独り身も同然ゆえ、稲妻の弥源太に襲われても案ずるにはおよびませぬ。お望みであれば、返り討ちにしてさしあげましょう」

「ふっ、心強い。町奉行所に置いておくのは、ちともったいないな。どうだ、火盗改に来ぬか。おぬしさえよければ、わしが推挽《すいばん》いたすが」

「遠慮しておきます」

「さようか。ま、気が変わったら、いつでも声を掛けてくれ」

「はあ」

「さればな」

鮫島はゆっくりうなずき、足早に離れていった。

翌日、稲妻小僧の内通者らしき男の屍骸《むくろ》が、本所の百本杭《ひやっぽんぐい》に浮かんだ。

報せてくれたのは、偶さか検屍《けんし》におもむいた定町廻りの桑山大悟である。

「屍骸の男は三日月《みかづき》の新吉《しんきち》、例の捕まった弥源太の右腕だったとか」

桑山が火盗改に問いあわせてみると、新吉の返《かえ》り訴人《そにん》が先日の大掛かりな捕り物に結びついたらしかった。

「つまり、稲妻の連中にしてみれば裏切り者、八つ裂きにしてもし足りぬほどの男というわけです」

屍骸は喉を掻き切られていた。別のところで殺《や》られて川に落とされ、百本杭まで流れついたらしい。

「もちろん、殺ったのは稲妻小僧の生き残りにちがいありませんがね」

新吉を殺めたのは、弥源太にまちがいあるまい。だが、桑山は弥源太の牢破りを知らぬらしかった。

おそらく、鮫島たちは隠密裡《おんみつり》に、弥源太の行方を捜しているのだろう。

余計なことは喋らず、黙っておいたほうがよさそうだ。

「火盗改の連中には、探索無用と告げられました。されど、おめおめ引きさがるような桑山大悟ではござらぬ」

「探索をつづけるのか」

「どうしたものか、平手さまのご意見を伺いにまいりました」

「わしに聞かれてもなあ」

「もちろん、手ぶらではまいりませぬよ。これをご覧ください」

桑山は懐中から紙片を取りだした。

「ほとけの袖口からみつけました」

「袖口か、妙だな」

みたところ、紙片は濡れていない。ということは、屍骸が百本杭に流れついたときには、袖口になかったことになる。陸へあげられたあとに、誰かが袖口へ忍ばせたのだろう。

「それがしが着いたときは、すでに、汀に寝かされておりました。怪《あや》しい者がおったかどうかは、小者どもに聞いてみねばわかりませぬな」

紙片を受けとって開いてみると、下手《へた》くそな絵が描かれている。

「猪《いのしし》に兎《うさぎ》、菜っ葉に海辺の風景、それから、への字に点と矢羽《やばね》がひとつ」

「判《はん》じ絵《え》か」

「おそらく。されど、それがしにはさっぱり。平手さまなら、おわかりになるやもしれぬとおもいまして」

桑山は眸子を輝かす。

「おぬし、ひょっとして、隠し金の在処《ありか》か何かだと期待しておるのではあるまいな」

「いけませぬか。まんがいちにもそうであれば、誰にも気づかれずにお宝を手に入れられますぞ。そのときは山分けにいたしましょう。しがない役人暮らしとも、おさらばにござります」

「本気で申しておるのか」

「えっ」

おそらく、本気なのだろう。

又兵衛は呆《あき》れた顔で溜息を吐き、判じ絵の解読に取りかかった。

「への字のまんなかに点……これは雁《かり》の略字だな。矢と合わせれば雁に矢、稲妻小僧が狙った札差の屋号はたしか、初雁屋であったな」

「お、それだ。さすが、平手さま。すぐにわかりましたな。では、猪と兎は」

「わからぬ。じつを申せば、判じ絵はあまり得手《えて》ではない。ともあれ、この紙片はわしが預かっておこう」

「それはかまいませぬが、こたえがわかったら、いの一番でお知らせ願います。何せ、みつけたのは、それがしにござりますからな」

桑山が居なくなると、急に不安が襲ってきた。

弥源太の余裕ありげな顔が脳裏に浮かんでくる。

——おめえさん、寝首を掻かれねえように気をつけな。

あのときに吐かれた台詞は、強がりでも何でもなかった。

捕まった時点で、牢破りの算段ができていたのかもしれない。

役宅から脱けだした途端、かつての右腕を易々《やすやす》と捜しあて、意趣返しにおよんだ。そうだとすれば、鮫島に忠告されたとおり、こちらにも早々にあらわれるものと覚悟しておかねばなるまい。

「来てみるがいいさ」

又兵衛は不敵な顔で吐きすてた。

七

翌朝、鶴之湯に行ってみると、庄介が番台から身を乗りだしてきた。

「平手さま、お義父上がおみえですよ」

「まことか」

小僧を使いに出すところだったという。

「早く洗い場へ」

「よし」

庄介に二刀を預け、歩きながら帯を解く。

板の間で裸になり、洗い場へおもむいた。

誰もいない。

石榴口《ざくろぐち》の向こうから、口三味線《くちじゃみせん》が聞こえてくる。

「ちちとんとん、ちんとんちんとん……」

まちがいない、主税だ。

掛け湯で前をさっと流し、屈《かが》みこんで石榴口を潜りぬける。

濛々《もうもう》と煙《けむ》る湯気のせいで、湯船はみえない。

「義父上、婿の又兵衛にございます。そこにおいででしょうか」

「……ちんととと」

口三味線でこたえてみせるので、湯気を掻き分けて向かった。

主税が仰向《あおむ》けになり、ぷっかり湯に浮いている。

茹《ゆ》だった川獺《かわうそ》のようだった。

「義父上、お久しゅうござる」

「おう、誰かとおもえば、おぬしか。ここで何をしておる」

「朝風呂にございますよ」

爪先を入れ、熱っと漏らしながら引っこめる。

「いつもより一段と熱うございますな」

「そうでもないぞ」

我慢しながら爪先を入れ、腰、腹、首と徐々に浸かっていく。

からだがじんじん痺れてきた。心地よい痺れだ。

「ふいぃ」

おもわず、声をあげてしまう。

主税が身を起こし、ざっと湯船から出た。

「お待ちを」

又兵衛も遅れまじと、萎《しな》びた背中を追いかける。

主税は石榴口から出て、洗い場の片隅に座った。

「義父上、お背中を流しましょう」

「おう、頼む、三助《さんすけ》」

「三助ではありませんがな」

紅絹袋《もみぶくろ》で背中を擦ると、垢《あか》がぼろぼろ落ちてくる。

しばらくぶりの湯屋なのだ。何やら、悲しくなってきた。

「気持ちいいのう」

「それはよろしゅうございました。ところで、今はどちらにお住まいで」

「娘が八丁堀の不浄役人に嫁いでな、仕方なく、そやつのもとで世話になってお
る」

「仕方なく、でござりますか」

「あたりまえじゃ、わしを誰じゃとおもうておる。役料一千石の小十人頭ぞ。御
目付への昇進も内々に決まっておるのじゃ」

記憶が数年前に遡っているようだが、どうしても今の所在を聞いておきたかった。

「八丁堀の屋敷を出られてから、どちらへお住まいですか」

「ん、どういう意味じゃ。おぬし、わしを愚弄《ぐろう》するのか」

「いいえ、新しい住まいを伺いたかっただけで」

「駿河台じゃ」

「えっ、それは小十人頭の頃のお住まいですな」

「じゃから、わしは小十人頭じゃと言うておろう」

取りつく島《しま》がないので、はなしを変えてみた。

「つぎは御目付でございますか。まさしく、出世街道まっしぐらにございますな」

「おう、そうじゃ。御目付のつぎは順当なら遠国《おんごく》奉行となろうが、御先手組の頭でもよかろう。一度でよいから、火盗改の長官をやってみたいのじゃ」

「えっ、まことですか」

「男《お》の子《こ》に生まれたからには、悪辣《あくらつ》非道《ひどう》な輩《やから》から江戸を守らねばなるまい。まことならば町奉行になりたいが、そこまでの道程は遠いゆえな。火盗改ならば、手の届くところまできておる」

又兵衛はふと、佐土原采女のことを聞いてみたい衝動に駆られた。

「義父上、佐土原采女さまはご存じでしょうか」

「知らぬはずはあるまい。わしと御目付の座を争うておる相手じゃ」

「えっ、まことに」

「卑怯《ひきょう》にも上役どもに金をばらまきおって、油断のならぬ男じゃ。しかも、何のつもりか、静香を嫁に欲しいと言うてきおった。案ずるな。博打《ばくち》にうつつを抜かす息子の悪評を聞いておったゆえ、丁重《ていちょう》に断ってやったわ。されど、あやつめ、容易にはあきらめまい。どのような手を使ってでも、欲しいものを手に入れようとする男ゆえな」

さまざまな経緯ののち、静香は佐土原家へ嫁いだのであろう。主税の記憶があやふやになってきたので、それ以上の問いは控えることにした。ともあれ、佐土原采女は主税と出世争いをしていた相手で、父子ともどもによくおもっていなかったことはわかった。

淋しい気分にさせられたのは、主税が火盗改になりたがっていたことだ。都築《つづき》主税は零落の一途《いっと》をたどり、佐土原采女は順当に出世を遂げて、火盗改の加役まで拝命した。何とも、酷な因縁《いんねん》と言うしかあるまい。

「軍鶏《しやも》じゃな」

唐突に、主税は漏らす。

「佐土原の息子、名は何というたか、そうじゃ、琢磨じゃ。挨拶にも来ぬゆえ、名も忘れてしもうたわ」

「琢磨どのが、どうなされたのですか」

「ふむ、軍鶏の賭《か》け試合に大金を注ぎこんでな、あやつめ、蔵前の札差からえらい借金をしおったのじゃ。一千両はくだらぬと、静香に聞いたぞ。それゆえ、三行半を書かせてやったのじゃ」

「なるほど、札差から一千両の借金でございますか」

「軍鶏の由来は暹羅《シャム》じゃ。南方にある国の名よ。ふふ、鍋《なべ》は美味《うま》いぞ。もしかしたら、鍋のなかで一番かもしれぬ」

「鍋ならば、河豚《ふぐ》や鱈《たら》や葱鮪《ねぎま》なんぞもございましょう」

「いいや、軍鶏鍋が一番じゃ」

「ずいぶん、こだわりますな」

「おぬしが、あれこれうるさいからよ」

憎まれ口すらも懐かしく、又兵衛は心の底から帰ってきてほしいとおもった。

あとは、ともに手を携《たずさ》えて帰り道をたどり、静香のもとまで導いてもらえばよい。

すっかり安堵《あんど》しきったところへ、客がふたりあらわれた。

「ちょっとお早いですが、ほかのお客さまを入れてもよろしゅうござんすかね」

庄介が顔を出したので、渋々ながらもうなずいてやる。

裸で入ってきた客は強面《こわもて》の破落戸《ごろつき》風《ふう》で、ふたりともからだじゅう傷だらけだった。しかも、二の腕や胸もとには刺青《いれずみ》までしている。

あきらかに、招かれざる客だ。

「おい、庄介、この連中は何なんだ」

文句を言った途端、ふたりが近づいてくる。

桶《おけ》で隠した手許には、匕首を握っていた。

「おぬしら、稲妻小僧の残党か」

又兵衛は手桶《ておけ》を握り、後ろに主税を庇《かば》う。

「しゃらくせえ」

ひとりが突きかかってきた。

手桶を振りかぶり、頬げたに叩きつける。

「ほげっ」

倒れた仲間を乗りこえ、ふたり目が組みついてきた。

「うおっ」

押し倒され、床に頭を打った拍子に意識が飛びかける。

「死ね」

突きだされた匕首をどうにか避け、相手の手首を掴んだ。

すると、空いている反対の左腕を、顎の下に捻《ね》じこんでくる。

「ぬぐっ」

喉を潰されかけた瞬間、足の甲で股間を蹴りつけてやる。

――ぶちゅっ。

相手はたまらず、両手で股間を押さえて転がった。

後ろの主税が脇に飛びだし、猿《ましら》のように逃げていく。

「……お、お待ちくだされ」

立ちあがると、くらりとした。

首を横に振り、どうにか立ちなおる。

起きあがったひとりが、背中に襲いかかってきた。

右腕を取り、肩に担《かつ》いで豪快に投げつけてやる。

――どしゃっ。

硬い床に叩きつけられ、相手は口から泡を吹いた。

ふらつく足取りで板の間に向かうと、庄介が入口から駆けてくる。

「旦那、てえへんだ。お義父上が、誰かに連れていかれちまった」

「何だと」

庄介を振りきり、外へ飛びだす。

往来の左右を見渡しても、それらしき人影はない。

「頬に刀傷がありやしたよ」

弥源太だ。

主税を連れていったのは、弥源太にちがいない。

こちらの動きを、逐一《ちくいち》、見張っていたのであろう。このままでは、静香や亀も人質に取られてしまう。要するに、すぐにでもつぎがあるということだ。

どうやら、意趣返しをせぬことには済ませられない性分らしい。

「厄介な野郎だな」

又兵衛は憎々しげに吐きすてた。

八

庄介に定町廻り同心の桑山大悟を呼びにやらせ、洗い場で気絶していたふたりに縄を打たせた。

駆けつけた桑山に事情を告げ、その足で、目立たぬように駿河台へ向かう。

たどりついたさきは神田橋御門《かんだばしごもん》外の錦小路《にしきこうじ》、火盗改の役宅となった佐土原采女の屋敷である。

「何やら、敵の陣中へ塩を届ける気分ですな」

ぼんくら同心の桑山がこぼすとおり、南北町奉行所とはずいぶん勝手がちがう。少し広めの武家屋敷にすぎぬため、近寄り難い門構えではないのだが、やはり、火盗改の根城《ねじろ》だとおもうと、落ちつかない気持ちになった。

ともあれ、門番に事情を告げると、鮫島広之進は探索に出ていておらず、代わりに若手の刈谷政之助が慌《あわ》てた様子で応対にあらわれた。

「これは平手さま、出役の際はたいへんお世話になりました。ご挨拶にも伺わず、申し訳ございませぬ」

「挨拶なんぞいらぬ。そんなことより、弥源太があらわれたぞ」

「……ま、まことにございますか」

予想以上に動揺が激しい。

「どうした、平気か」

「……は、はい」

「鮫島さまにご報告せねばならぬとおもうてな。手ぶらではないぞ。手下をふたり捕まえた。無駄かもしれぬが、こやつらに責め苦を与えれば、何かわかるかもしれぬ」

「は、なればさっそく。とりあえずは、お控え部屋でお待ちください」

刈谷は同役たちの手を借り、ふたりの手下を奥へ引っ立てていった。

言われたとおり、又兵衛は桑山をともない、玄関脇の控え部屋で待機する。

しばらく待っていると、刈谷ではなく、どうしたわけか、佐土原琢磨がひょっこり顔をみせた。

「ふうん、おぬしが稲妻小僧の残党を捕まえたのか。何処かでみた顔だな。おっ、そうだ。静香の亭主か。何でおぬしがここにおる」

「何でと仰せになられても」

「ふん、怪しいな。内勤の与力にすぎぬおぬしが、何故、稲妻小僧の探索に首を突っこむのか。じつはな、刈谷から内々に聞いておったのだ。先日の出役で一番手柄をあげたのは、南町奉行所例繰方与力の平手又兵衛であったとな。内勤のくせに張りきりおって。しかも、何故、手柄を自慢せぬ。火盗改を出し抜けば、町奉行所内でも一目置かれたであろうに」

「出役では運がよかっただけ。自慢するほどのことではござりませぬ」

「そのしたり顔、みているだけでも腹が立つ。静香の旦那かとおもえば、なおさらだ。今すぐ縄目にして、拷問蔵《ごうもんぐら》に吊るしたくなってくるわ」

「どうぞ、ご勝手に」

「ひらきなおったな。わしは佐土原采女の嫡男《ちゃくなん》ぞ。逆らえばどうなるか、わかっておるのか」

「はて、ようわかりませぬ」

「その図太い態度、ちと気になる。もしや、鮫島と裏で通じておるのか」

鮫島広之進との関わりを恐れる様子に疑念を抱きつつも、又兵衛は表情も変えずにとぼけてみせる。

「仰せの意味がよくわかりませぬが」

「なるほど、鮫島の間者《かんじゃ》ならば、はなしの辻褄《つじつま》は合う。おぬしが手柄を表沙汰にせぬのは、鮫島から言いふくめられたからであろう。あやつめに、何か弱味でも握られておるのか」

「いいえ。それ以上、当《あ》て推量《ずいりよう》はお止めになったほうがよろしいかと」

「生意気なやつめ。ま、おぬしが何者だろうと、おれさまを出し抜くことはできぬ。ふふ、稲妻の弥源太に関われば、後悔することになるぞ」

妙な捨て台詞を残し、琢磨は去っていった。

意味ありげな笑いも気になるが、出し抜くとはどういう意味であろうか。

琢磨と争っているつもりはないし、弥源太がこちらの命をつけ狙うかぎり、嫌でも関わらざるを得ないのだ。しかも、主税や静香は弥源太に拐《かどわ》かされ、今ごろは危機に瀕《ひん》している公算が大きい。琢磨の物言いは、まるで、又兵衛の苦境を知っているようにも聞こえた。

刈谷政之助との繋がりも気になる。そのことを直《じか》に質したいとおもったが、刈谷は控え部屋にあらわれなかった。外から急に呼びだしが掛かったらしく、謝意をしめす言伝《ことづて》だけを受けとって、又兵衛は退出を余儀なくされた。

「いくら何でも、酷すぎやしませんか」

門の外へ出ても、桑山はぷんぷん怒っている。

火盗改に恩を売る好機だとでも考えていたのだろう。

「佐土原琢磨の態度は何ですか。こっちが手柄を譲ってやったのに、横柄《おうへい》すぎやしませんかね。しかも、稲妻小僧の頭目に逃げられたというのに、責を感じている様子が微塵《みじん》もない。お長官《かしら》の子なら、もう少し焦《あせ》ってもよさそうなものですけど」

桑山の言い分は、存外に的《まと》を射《い》ているのかもしれない。

弥源太の牢破りが表沙汰になれば、父親の釆女は火盗改の役目を解かれるかもしれぬのだ。にもかかわらず、たいして気にしていないのはおかしい。

「鬱憤晴《うっぷんば》らしに、その辺で一杯いかがです」

桑山に誘われ、断りきれなかった。

面倒臭い後片付けを頼んだ手前もあるし、酒を呑みたい気分でもあった。

御濠《おほり》に面した鎌倉河岸《かまくらがし》を漫《そぞ》ろに歩き、ふたりは青海波《せいがいは》模様の暖簾が掛かる一膳《いちぜん》飯屋《めしや》へ潜《もぐ》りこんだ。

朝から見世を開けているのは、河岸の人足《にんそく》を当てこんでいるからだろう。

奥の床几《しょうぎ》に座り、安酒を注ぎつ注がれつしはじめた。

「豆腐田楽《とうふでんがく》でも頼みますか」

「ふむ、よいかもな」

温めた豆腐を焼いて味噌《みそ》を塗り、もう一度焼いて仕上げる。平皿に載せられた豆腐田楽は平串《ひらぐし》一本ではなく、京風に細串《ほそぐし》が二本刺してあった。

「めずらしいな」

ひと口食べてみると、香ばしさが口いっぱいにひろがる。

どうやら、焦《こ》げた味噌に秘密があるらしい。

「玉子と練りあわせておるのですよ」

桑山は見掛けによらず、舌が肥えているようだ。

「ふふ、それほどでも」

褒めたわけでもないのに、ぼんくらは自慢げに小鼻を膨《ふく》らませる。

手酌《てじゃく》で銚釐《ちろり》をかたむけていると、隣の衝立《ついたて》越《ご》しに、侍たちの愚痴が聞こえてきた。

「お長官《かしら》の子息、ありゃ始末に負えぬな」

その台詞に、桑山ともども引きつけられる。

「親の七光りとは申せ、威張《いば》りすぎじゃ。しかも、拷問蔵で盗人のひとりを責め殺したらしいぞ」

「まことか。それが表沙汰になれば、一大事だぞ」

「表沙汰にはならぬさ。切捨御免の御墨付きを盾《たて》に取り、素知らぬ顔で切り抜けるだろうよ」

火盗改の連中が、佐土原琢磨の悪口を言いあっているのだ。

又兵衛は平皿に串を置き、衝立に耳を近づけた。

「あやつめ、責め苦が三度の飯より好きだとほざいたらしい」

「まことか」

「鮫島さまはみかねて、お長官《かしら》に注進なされた。こうしたことがつづけば、組の士気にも関わると訴えたら、お長官《かしら》も日頃の行状を憂《うれ》えておられたらしく、あやつめを呼びつけてこっぴどく叱った。今のままでは、召し捕り方の与力にさせられぬと、お怒りになったとか」

「それで、どら息子はどうした」

「平謝りに謝ったらしいが、部屋に戻ってからは大荒れに荒れた。手懐《てなず》けた内与力どもを率いて、深川の岡場所へ繰りだしたとよ」

「ふん、いいご身分だな」

「なかなか与力に就《つ》けてもらえず、拗《す》ねておったところに叱られたというわけだ」

日頃から父親の釆女《うらめ》を恨《うら》んでおり、先日などは酔った勢いで、火盗改なんぞ返上されればよいと喚《わめ》いたらしかった。

「今や、腫《は》れ物《もの》扱いさ」

「くわばらくわばら、君子《くんし》危うきに近寄らずだな」

「そのとおり。このまま弥源太が捕まらねば、早晩、お長官《かしら》は別のお方に代わるであろう。誰が上に寄こされようが、われらは粛々《しゅくしゅく》と役目を果たすしかあるまい」

「鮫島さまに従いていけば、まちがいないということか」

「ま、そういうことだな」

立ちあがる気配がしたので、又兵衛と桑山は衝立から離れた。

勘定《かんじょう》を置いて抜けだしたのは、同心とおぼしき三人の男だ。

又兵衛は素知らぬ顔で酒を呑み、田楽の残りを平《たい》らげる。

おもいがけず、火盗改の内情を知ることとなった。

だからといって、何をどうするわけでもない。

「上と下の不和、根は深そうですな」

桑山は楽しげに言い、銚釐と田楽のお代わりを注文する。

屋敷に戻ったら、もう一度主税の行方を捜してみようと、又兵衛はおもった。

九

主税や静香が立ちまわりそうなところはすでに足をはこんでおり、同じところを何度まわってみても行く先の端緒《つなぎ》を摑むことはできなかった。

「弥源太からの連絡を待つしかあんめえ」

溜息を吐くのは、長元坊である。

又兵衛を元気づけようと、八丁堀に鍋の具材を携えてきたのだ。

神無月も終わりに近づけば、夜は底冷えがするほど寒い。

鍋は欠かせぬというわけで、長元坊は鶏屋《とりや》で軍鶏を潰してもらっていた。

「軍鶏鍋は出汁《だし》が決め手なのさ」

水を張った鍋の底に蝦夷《えぞ》産の昆布《こんぶ》を敷き、軍鶏の頭、足、がら、葱の青いところと、さらには、刻んだ玉葱《たまねぎ》と生姜《しょうが》を入れ、一刻ほどもまえから弱火でとろとろ煮込みつづけていた。

「臭みを抜くために、煎《い》た米をくわえる。そいつが、でえじなことだ」

出汁が澄《す》んできたところで絹《きぬ》ごしにし、出汁五にたいして一の目安で酒を、さらに味醂《みりん》を少々くわえて味をととのえる。そして、半月切りの大根や里芋《さといも》、椎茸《しいたけ》や葱を出汁で煮込み、仕舞《しま》いに軍鶏の肉を投じた。

「猪なんぞとちがって、さっと煮込むのが骨法《こつ》だな」

長元坊は講釈を並べながら、手際よく仕上げていく。

できあがった鍋からは、湯気とともに、何とも言えぬ香りが立ちのぼった。

小鉢《こばち》に取りわけ、蓮華《れんげ》を添える。

酒はけっこう呑んでいたが、寒さは抜けきっていない。

「さあ、食おうぜ」

涎《よだれ》が滲みでてきた。

肉を食うまえに、蓮華で掬《すく》った汁を啜る。

こくのある汁が口いっぱいにひろがり、幸せな気持ちに包まれた。

「どうだ、美味《うめ》えだろう」

そんじょそこらの料理茶屋では味わえまい。滋味《じみ》豊かな出汁を啜っただけで、手間の掛け方がわかるというものだ。

大根を食い、葱を食う。

よく味が染みこんでいる。

そして、軍鶏の腿肉《ももにく》を食う。

「何とも言えぬ」

深い味わいだ。

物心ついたときから、長元坊は包丁《ほうちょう》を握っていた。

失敗を繰りかえしながら、自分の舌に合うものを作ってきたら、一流の板前も顔負けの腕前になった。自分で美味い飯を作れるし、たいていのことはできるので、嫁を貰わずともよいという。何かと面倒臭い男だと自分でもわかっているだけに、嫁になる相手の気苦労をおもうと、貰う気にならないらしい。

小鉢にお代わりをよそい、長元坊は首をかしげた。

「静香は、おめえに捜しだしてほしいのかもな」

「それなら、今ごろはみつかっているはずさ」

「本気で身を引いたとすりゃ、佐土原琢磨ってのは罪深《つみぶけ》え野郎だぜ。しつこくつきまとわれることを、静香はわかっていたんだろうな」

「つきまといか。たしかに、あいつならやりかねぬ」

「未練たらたらで、嫉妬《しっと》深い。ともかく、自分と別れて不幸になったはずの女が、幸せそうにしている。何よりも、そいつが許せねえのさ。だから、静香だけじゃなくて、おめえにも牙《きば》を剝く。何が何でも不幸にしてやる。不幸にするためなら、どんな手でも使おうとする」

長元坊のことばを聞きながら、何かと何かが繋がりかけた。

「盗人をけしかけてでも、おめえを殺ろうとするかもだぜ」

「それだ」

「えっ」

「弥源太のやり口は、意趣返しにしては念が入りすぎている。だが、誰かにけしかけられたとすれば、わからぬでもない」

「危ねえ橋を渡る覚悟がねえかぎり、不浄役人を葬《ほうむ》ろうとはおもうめえ。でえち、そこまでして、弥源太に何の得がある」

「牢抜けの見返りとして、約束したのかも」

「おいおい、長官の息子が牢抜けを手伝ったってのか」

悪党どものあいだで「口説きの弥源太」と綽名されているほどの男なら、駄目元で取引を試みたかもしれない。縄目にしたときの不敵な笑みから推《お》すと、あらかじめ琢磨の行状を調べていた節もある。

「なるほど、こいつなら落とせると踏んでいた。捕まったときのために、琢磨を取引相手に選んでいたってわけか」

最初はおそらく、隠し金を渡すから牢抜けさせてほしいと持ちかけたのだろう。まとまった前金の隠し場所を告げたのかもしれない。琢磨は前金を受けとったので、後金も欲しくなった。ついでに、又兵衛を殺め、静香を拐かすという条件もつけくわえたのだとしたら、弥源太のやったことも得心《とくしん》がいく。

もちろん、火盗改を司《つかさど》る長官の子息が、金に目がくらんで捕らえた盗人を逃したなどと、そのような突飛《とっぴ》な筋書きを信じる者はあるまい。筋書きを描いてみせた又兵衛と長元坊も、半信半疑なおもいから逃れられなかった。

「まあ、佐土原琢磨か弥源太か、どっちかに聞いてみるしかねえな」

筋書きを裏付ける証拠がなければ、一笑《いっしょう》に付《ふ》されるだけのはなしだろう。

長元坊は鍋を突っつきながら、何気なく漏らす。

「そういえば、まだら惚《ぼ》けの親父どのも軍鶏が好きだと言ってたな」

「ふうん、おぬしにもか」

「軍鶏鍋のはなしで一度、盛りあがったことがあった。神田の佐久間町《さくまちょう》に美味え軍鶏鍋屋があるそうでな、一千石取りの小十人頭だった頃、足繁《あししげ》く通ってたらしいぜ」

又兵衛は小鉢を床に置いた。

「何でそれを早く言わぬ」

すっくと立ちあがり、大小を帯に差した。

「まさか、今から行くってのか」

「あたりまえだ」

ふたりは大路を駆けぬけ、日本橋から神田へ向かった。

亥ノ刻は近づいていたが、町木戸はまだ閉められていない。

佐久間町は神田川を渡った向こう岸、幕初の頃は材木を荷揚《にあ》げする河岸だったので火事があとを絶《た》たなかった。ゆえに、駄洒落《だじゃれ》で「悪魔町《あくまちょう》」などという不名誉な地名で呼ばれていたという。

又兵衛と長元坊は和泉橋《いずみばし》を渡り、佐久間町二丁目の角にある『鶏左武《とりさぶ》』という見世に飛びこんだ。

神田佐久間町の軍鶏鍋屋ならここだろうと、長元坊が見当をつけていたのだ。

胸倉を摑む勢いで主人に質すと、はたして、主税たちの居所がわかった。

何のことはない、同じ町内にある棟割長屋で、主人がむかしの誼《よしみ》で大家に繋いでやったのだという。

何度も礼を言い、小躍りしながら棟割長屋へ向かった。

木戸脇の番小屋《ばんごや》で大家に教えてもらい、溝板《どぶいた》を踏みながら奥の部屋を訪ねると、主税と亀が肩を寄せあうようにして震えていた。

「寒いな」

あまりに寒い。

炬燵《こたつ》や手焙《てあぶ》りはもちろん、暖を取るものがない。

長元坊は褞袍《どてら》を脱いで歩みより、亀の痩せた肩に掛けてやる。

「又兵衛どの」

亀が悲しげに発した。

「よくぞ、お捜しいただきましたね。されど、ひと足遅うござりました」

「えっ」

「稲妻の弥源太と申す盗人が、さきほど、静香を連れていきました。又兵衛どのに、これを渡すようにと」

亀は捻《ひね》り文《ぶみ》を寄こす。

「八丁堀のほうへ届けにまいるか否《いな》か、思案していたところです。静香には止めてほしいと泣かれました。あの娘《こ》、又兵衛どのを巻きこむわけにはいかぬと申して」

亀に相槌《あいづち》を打ちながら、弥源太の文を開いた。

——明後日《あさって》夕七つ半　護寺院《ごじいん》ヶ原《がはら》三番火除地《ひよけち》　ひとりで来い
文言を読むかぎり、静香の命は尽きていない。

「義母上《ははうえ》、つれないことを仰せになってはいけませぬ。義理とは申せ、それがしは息子なのですぞ。家族に救いの手を差しのべるのは、あたりまえのことではありませぬか」

「……か、家族」

「さよう、家族にござりますぞ」

「……ま、又兵衛どの」

涙をこぼす亀の隣で、主税は紫に変色した唇を震わせている。

「義父上、まいりましょう。長元坊の軍鶏鍋を馳走《ちそう》いたしますゆえ、どうか暖まってくだされ」

ふたりを助け起こし、あるだけの布を着せて外へ出る。

大家には二度と来ぬからと断り、朽ちかけた棟割長屋をあとにした。

正面の闇は深く、静香の安否が案じられる。

それでも、まだ一縷《いちる》の望みはあると、又兵衛はみずからに言い聞かせた。

十

三日月の新吉なる内通者の袖口からみつかった紙片には、わけのわからぬ判じ絵が描かれていた。翌夕、茜空《あかねぞら》の向こうに遠ざかる鴉を眺めていると、判じ絵のしめす意味が忽然と解けた。

常盤町の療治所《りようじしよ》へ走り、大声を張りあげる。

「おい、判じ絵が解けたぞ」

長元坊は老婆の背中に鍼《はり》を打っており、まともに応じてくれない。

それでもかまわずに、又兵衛は早口でまくしたてた。

「へに点は雁の略字、矢がくっついて雁屋だとおもいこんでいたが、そこがまずちがっていた」

又兵衛は紙片を床にひろげ、ひとつずつ説いていく。

「札差の初雁屋ではなく、それは刈りとるに谷と書く」

「刈谷か、聞いたことのある苗字《みようじ》だな」

長元坊は反応しながら、腰の経絡《つぼ》にぶすっと長い鍼を刺した。

「ひっ」

老婆が悲鳴をあげても、鍼医者はまったく気にしない。

「おっ、そうだ。おめえが手柄を譲った火盗改の若手が、たしか刈谷だったな」

「そのとおり」

「ちょいと待ってくれ。こっちを手っ取り早く済ませるから」

長元坊は経絡の位置を指で確かめ、矢継《やつ》ぎ早《ばや》に鍼を打っていく。

そのたびに老婆は悲鳴をあげ、手足をじたばたさせた。

「暴れるんじゃねえ。おれを信じて、じっとしてな」

「先生、堪忍《かんにん》しとくれ」

「ふむ、これでよし」

長元坊はひと息つき、のっそり身を寄せて上から紙片を覗《のぞ》きこむ。

「それなら、この猪と兎、菜っ葉と海辺の風景、この四つをどう解く」

待ってましたとばかりに、又兵衛は応じてみせた。

「猪は亥《い》、兎は卯《う》、菜っ葉は菜《な》、海辺の風景は津《つ》と読む。それを、菜から順に、亥、津、卯と並び替えれば、な、い、つ、う。すなわち、内通になる」

「刈谷内通……えっ、火盗改の若手が、捕まえた盗人に内通していたってのか」

「それを、本人に確かめねばなるまい」

「よし、おれもつきあってやる」

針鼠《はりねずみ》になった老婆をひとり残し、ふたりは療治所から外に出た。

市中が暮れなずむなか、御先手組の組屋敷がある目白台《めじろだい》へ向かう。

「又よ、いってえ誰が判じ絵を描いたんだ」

「おそらく、描いたのは刈谷本人だとおもう」

「まさか、自分で……そりゃまた、どうして」

「刈谷は真面目な男だ。盗人と通じていたことに良心の呵責があった。ただ、どうしても正直に言えぬ事情があったゆえ、苦しまぎれに判じ絵を描き、百本杭に浮かんだ屍骸の袖口に忍ばせたのだろう」

屍骸が百本杭に浮かぶことも予測できた。弥源太が三日月の新吉を殺めたとき、刈谷はそばにいたにちがいない。そして、先回りし、捕り方に屍骸がみつけられるまえに、紙片を袖口に忍ばせたのだ。

「誰かにみつけてほしかったのさ。それだけ、悩みが深いということだ」

真面目な火盗改の与力が、盗人に内通せざるを得なかった。

「その事情ってやつを聞きに行くわけか」

「おそらく、刈谷は喋りたがっている。誰かが聞いてやらねばなるまい」

明夕《みようせき》、稲妻の弥源太とは決着をつけねばならない。弥源太のことを知るためにも、是非とも刈谷には会っておかねばならなかった。

護国寺《ごこくじ》門前の音羽町《おとわちよう》五丁目から西へ、組屋敷は鉄砲坂《てつぽうざか》を上ったさきにある。

辻番《つじばん》に尋ねると、刈谷の住まいはすぐにわかった。

どうやら、病《やまい》で寝たきりの父親とふたり暮らしのようだ。

「何だか、気が引けるな」

長元坊と同じ気持ちにさせられたが、ここまで来たら引き返すわけにはいかない。

又兵衛はさきに立って門を潜り、教えられた家の表口に立った。

「お願い申す」

戸を開けて来訪を告げると、薄暗い廊下の奥から手燭《てしよく》が近づいてきた。

蒼白《そうはく》な顔の刈谷政之助本人があらわれ、待っていたかのようにお辞儀をする。

「平手さま、よくぞお越しくだされた。さ、どうぞ」

「ふむ」

長元坊とともに履き物を脱ぎ、殺風景な客間へ招じられた。

座って待っていると、刈谷が茶を淹《い》れてくる。

「おかまいなきよう。前触れもなく訪れて申し訳ない」

「いいえ、おみえになる頃だとおもっておりました」

「さようか」

奥のほうから、苦しげに咳《せ》きこむ声が聞こえてきた。

「父にござります。三年ほどまえから、胸を病《や》んでおりまして」

「父ひとり子ひとりか。苦労なされておるようだな」

「手柄をあげれば、父はたいそう喜んでくれます。父が喜んでくれれば、それがしも生きる張り合いが出てまいります」

「お父上が好きなのだな」

年端《としは》もいかぬ時分に母を亡くし、男手ひとつで育てられた。

「父も召し捕り方の与力でした。誰よりも勇猛果敢《ゆうもうかかん》で、睨みひとつで盗人どもを震えあがらせてしまう。幼い頃から憧《あこが》れておったのです。父のようになりたいと、それだけを願って生きてまいりました」

長元坊はしんみりし、又兵衛はうなずくことしかできない。

刈谷は悲しげに笑った。

「判じ絵をお解きになったのですね」

「ふむ」

「ならば、あらましはおわかりかと存じます。ご推察のとおり、それがしは弥源太に内通いたしました。平手さまに手柄を譲っていただき、弥源太を役宅の牢に繋ぐまでのあいだ、ずっと囁かれつづけたのでございます」

五百両と交換に逃してほしいと持ちかけられたが、もちろん、刈谷は聞く耳を持たなかった。

「ところが、夜更けになって、とあるお方が宿直《とのい》の部屋へ訪ねてこられました」

別の部屋へ呼ばれたので、何でしょうかと尋ねると、弥源太と内通しておるのかと詰問《きつもん》された。懸命に否定しても、信じてもらえぬ。仕舞いには、上役の鮫島に内通を告げると脅され、途方に暮れてしまったのだという。

「すると、そのお方は優しい口調で仰いました。指図にしたがえば、悪いようにはせぬと。そのことばを信じたばっかりに、それがしは牢破りの片棒を担ぐことに……考えが足りなかったのでござります。まさか、そのお方が弥源太と通じておろうとは」

刈谷の言う「そのお方」が誰なのか、又兵衛には想像がついていた。

「とあるお方とは、佐土原琢磨のことか」

刈谷は口をへの字に曲げ、わずかにうなずく。

弥源太もおそらく、琢磨なら金に転ぶにちがいないと踏んでいた。それゆえ、捕まったときも余裕の笑みを浮かべていたのだ。

はたして、琢磨は金に転んだ。

しかも、自分の手は汚さず、若手の刈谷を使おうと考えた。

「それがしは牢内を出入りできたので、弥源太との繋ぎ役をやらされました」

翌日、弥源太に囁かれた社《やしろ》へおもむいてみると、御神木《ごしんぼく》の根元に五百両箱が埋められてあった。刈谷はそれを秘《ひそ》かに運び、指定された料理茶屋の離室《はなれ》で琢磨に渡した。

「その場で百両を寄こされました。峻拒《しゅんきょ》しましたが、もう後戻りはできません。それに百両あれば、胸を患《わずら》った父に高価な薬も買ってやれる。山吹色《やまぶきいろ》の小判をまえに、そうおもってしまった。魔が差したのでござります」

弥源太は牢抜けを手伝ってくれれば、後金で一千両払うと、琢磨に持ちかけていた。琢磨は方々に借金をしていたので、どうしてもまとまった金が欲しかった。それゆえ、誘いに乗ったのだ。

「実行はその晩遅く」

刈谷は何とか鍵を入手し、牢の鍵を開けた。ところが、そこへ、見張りから外れていたはずの鍵役が、ひょっこり戻ってきた。刈谷が呆然《ぼうぜん》と佇《たたず》んでいると、琢磨が暗がりからあらわれ、後ろから鍵役を襲って首を絞めた。

「とんでもないことをしてしまった。されど、後悔しても遅うございました」

弥源太はまんまと逃げ、牢のまえには鍵役の屍骸が転がった。

さらに翌晩、本所御厩河岸の渡し場へ足をはこぶと、琢磨と弥源太が待ちかまえており、裏切った手下とおぼしき者の屍骸が転がっていた。屍骸を処分するように命じられ、大川に流したのだという。

「裏切ったら、おぬしもこうなると言われました。あのお方の目には、狂気が宿《やど》っていた。おそらく、自分も同じ目をしていたにちがいない」

弥源太はすっかり、琢磨と親密になっていた。まがりなりにも、琢磨は火盗改を司る長官の子息である。利に敏《さと》い弥源太は、琢磨と親しくしておけば得になると踏んだのであろう。一方、琢磨のほうは弥源太を金の成る木だとおもった。両者の利害は一致したのだ。

「やましい気持ちに苛《さいな》まれつつも、それがしはみずからを断じる勇気がなかった。寝たきりの父をひとり遺《のこ》して死ぬわけにはいかぬ。そうおもったのでござります。生きるつもりなら、墓場まで秘密を持っていくしかない」

割りきろうとしたが、良心の呵責から逃れられなかった。

悩みに悩んだあげく、刈谷は判じ絵を描いたのである。

「手下の屍骸が百本杭に流れついていたら、袖口に紙片を忍ばせよう。そして、誰かが紙片の判じ絵を解いたあかつきには、関わったことのすべてを告白しようと心に決めたのでござります」

すべてを告白した刈谷の顔は、幾分か生気を帯びている。

又兵衛はゆっくりうなずき、冷めた茶で渇いた喉を潤《うるお》した。

「平手さま、それがしがすべてを告白したところで、あのお方には言い逃れの余地がいくらでもござります。何しろ、お長官《かしら》のご子息ですからね。確乎《かっこ》とした証《あか》しがないかぎり、あのお方を裁《さば》くことはできませぬ」

刈谷の言うとおりだろう。すべてを見越したうえで、琢磨は御《ぎょ》しやすい若手の刈谷を引きずりこんだ。いざというときは、すべての罪を刈谷にかぶせればよいと、そうおもっているのだ。

「よくぞ正直に喋ってくれたな」

労《いたわ》る口調で言ってやると、刈谷は声を出さずに泣きだした。

可哀相だが、琢磨と弥源太に引導《いんどう》を渡すこと以外に、してやれることはない。

狡猾《こうかつ》で油断のならぬ琢磨だが、弥源太に命じて静香を拐かさせたことで墓穴を掘ったとも言える。

おぬしらのおもいどおりにはさせぬと、又兵衛は胸の裡《うち》につぶやいた。

十一

翌夕、七つ半（午後五時頃）。

左手には御濠、行く手には杏色《あんずいろ》の夕陽がある。

護寺院ヶ原は御城の北、一橋御門《ひとつばしごもん》と雉子橋御門《きじはしごもん》の対岸に広がっていた。一番から四番まである火除地で、冬場は放鷹《ほうよう》などもされる。果てはみえぬほど広いのだが、今は荒れ放題で枯れ木や枯れ草ばかりが目立っていた。

芥《あくた》といっしょに、時には行き倒れの屍骸も棄《す》てられるらしく、夜になれば屍肉《しにく》を漁《あさ》る山狗《やまいぬ》どもが徘徊《はいかい》しはじめる。

又兵衛は黒い打裂羽織《ぶっさきばおり》を纏い、千筋《せんすじ》の角帯《かくおび》に大小と朱房《しゅぶさ》の十手を差していた。

助っ人は頼んでいない。静香を人質に取られているため、ひとりで来いという指示を守った。

赫奕《かくえき》と輝く夕陽に横顔を染めつつ、裾を捲《まく》って三番の原へ踏みこむ。

不動明王《ふどうみょうおう》であろうか。草叢《くさむら》のなかに、頭の欠けた石仏が立っている。

迷わずにまっすぐ進んでいくと、山狗も同然の盗賊どもが草の刈られた空き地で待ちかまえていた。

残党の数は予想よりも多く、十五人ほどはいる。

頭目の弥源太は、葉の散った飯桐《いいぎり》を背にしていた。

静香のすがたはなく、佐土原琢磨も見当たらない。

又兵衛は大股で歩み、喧嘩装束《けんかしょうぞく》の弥源太に対峙《たいじ》した。

「約定《やくじょう》どおり、ひとりで来たぞ」

「ふへへ、逃げた女房がそんなに可愛いか」

「余計なお世話だ。わしを呼びつけて、どうするつもりだ」

「土下座しろ。女房を返《け》えしてほしいと、泣いて頼め」

「そうさせろと、佐土原琢磨に命じられたのか」

「へへ、わかってんじゃねえか。あいつはてえした悪党だが、まがりなりにも火盗改長官の御曹司だ。上手に繋がっておけば、これからも捕まらずに済むってことさ」

「持ちつ持たれつというわけだな」

琢磨は弥源太とそうした関わりになる前提として、ひとつ条件をつけたという。

「あの野郎、後金の一千両はいらねえと抜かす。その代わり、平手又兵衛の女房を捜しだして拐かせ。そして、旦那を呼びよせて血祭りにあげろと、目を怒らせて言いやがった。おかげで、余計なことをさせられるはめになったが、おれも不浄役人は嫌《きれ》えだし、何よりおもしろそうだ。おめえにゃ、縄を打たれた借りもあるしな」

又兵衛は眉を寄せ、ぐっと睨みつける。

「静香は連れてきたんだろうな」

「ああ、いるさ。おめえが死んだら、御曹司のところへ連れていく。へへ、元の女房だっていうじゃねえか。だからな、手込めにするのはやめておいた。あの野郎、よっぽど未練があんのか、詈めるほど可愛がってやりてえと言ってたぜ」

又兵衛は溜息を吐いた。

「わしが生き残ったらどうなる」

「そんときは、女房を返えしてやるよ。千にひとつもあり得ねえだろうがな」

「返してくれると、信じてよいのか」

「約束は守る。おれはこうみえても、義理堅《がて》え男でな」

「ならば、まいろう」

又兵衛は羽織を脱ぎ、細紐《ほそひも》で手早く襷掛《たすきが》けをする。

腰をぐっと落とし、手下どもを睨《ね》めまわした。

突如、弥源太が吼《ほ》えた。

「野郎ども、殺っちまえ」

「うおっ」

一斉に段平《だんびら》が抜かれ、手下どもが凄《すさ》まじい形相で駆けてくる。

又兵衛も抜刀した。

平地《ひらじ》に夕陽が反射し、赤く閃《ひらめ》いている。

ただし、宝刀の輝きはない。刃引刀なのだ。

この期《ご》に及んでも、又兵衛は真剣を帯びてこなかった。

——無闇《むやみ》に人を斬ってはならぬ。

父の教えを頑なに守っているのだ。

──ばちっ。

ひとり目の眉間《みけん》を割った。

ふたり目は首筋を叩き、三人目は手首を砕く。

「死にさらせ」

四人目の刺突《しとつ》はひらりと躱《かわ》し、相手が振りむいたところで脳天に一撃をくわえる。

五人目の巨漢は頭から突進してきたので、避けずに一歩踏みだし、脇差《わきざし》の柄《つか》頭《がしら》を鳩尾《みぞおち》に埋めこんでやった。

「うっ」

さらに、六人目から十人目まで、流れるような太刀捌きで片付けていく。

鮮やかな手並みは、鬼神《きしん》のごとしであった。

だが、相手も怯《ひる》まない。関八州を股に掛けた盗賊の意地がある。

十一人目の段平を受けるや、刃引刀がぐにゃりと曲がった。

「もらったぜ」

後ろの弥源太が身を乗りだしてくる。

又兵衛は咄嗟に刀を逆手に持ちかえ、鼻先に近づいた手下の顎を柄頭で突きあげた。

——がつっ。

香取神道流の荒技、柄砕《つかくだ》きにほかならない。

刃引刀を捨て、脇差と十手を抜きはなつ。

さすがに疲労の色が濃く、又兵衛は肩で息をしはじめた。

残りの敵は弥源太も入れて五人、そこへ、心強い助っ人が音もなくあらわれた。

「又、静香はここだ」

太い飯桐の木陰から、長元坊が声を張りあげる。

「又兵衛さま」

猿轡《さるぐつわ》を解かれた静香が、名を呼んでくれた。

「くそっ」

手下どもが、長元坊と静香のもとへ殺到する。

つぎの瞬間、ことごとく撥《は》ね返された。

「うらあっ」

長元坊は樫《かし》の六尺棒《ろくしゃくぼう》を振りまわし、手下どもの頬げたや臑を砕いてみせる。

静香も負けてはいない。

手頃な太さの枝を拾うや、上段の一撃で手下のひとりを仕留めた。

さすがは武家の娘、腰の据わりがさまになっている。並みの男ではまず、相手になるまい。

一方、落日《らくじつ》に燃える草叢では、又兵衛と弥源太が向きあっている。

「どうやら、甘くみすぎたぜ」

「所詮《しょせん》、悪党は成敗される。それが世の道理だ」

「けっ、偉そうに抜かすんじゃねえ」

「ひとつだけ聞いておこう。捕まったら、白洲《しらす》で佐土原琢磨のことを喋るか」

「喋らねえさ。白洲に引きずりだされるまえに、何度でも牢抜けをしてやる」

「無理だな。おぬしの身柄は駿河台ではなく、小伝馬町《こでんまちょう》の牢屋敷へ送られる」

「なるほど、そらそうだ。おめえ、南町奉行所の与力だものな」

「あきらめろ」

「嫌だね。盗人には盗人の意地がある」

弥源太は匕首を抜き、白刃《はくじん》をおのれの首筋にあてがった。

「待て、何をする」

「へへ、狼狽《うろた》えたな。情けねえその面《つら》、冥土《めいど》の土産《みやげ》にしとくぜ。あばよ」

白刃が夕陽を反射させた。

——ぶしゅっ。

鮮血が散り、弥源太は倒れる。

長元坊が駆けつけてきた。

「こいつめ、やってくれたぜ」

弥源太が死ねば、琢磨は難を逃れることになろう。

「詮方《せんかた》あるまい」

又兵衛は渋い顔で吐きすて、静香のほうをみた。

今にも泣きだしそうな顔で、ゆっくり近づいてくる。

長元坊は遠慮したのか、手下たちの様子をみにいった。

静香が躓《つまず》きかけ、又兵衛は抱き留める。

「又兵衛さま……」

「何も言うな。義父上と義母上が屋敷で待っておられる。いっしょに帰るぞ」

有無を言わせぬ勢いで口にすると、静香は素直にうなずいた。

又兵衛は片手で強引に抱き寄せる。

「温かい」

静香は恥ずかしそうに漏らし、顔を胸に埋めてきた。

その仕種《しぐさ》が何とも愛《いと》おしい。

今宵は何も考えずに、ただ抱きしめていよう。

又兵衛は胸につぶやき、腕にぐっと力を込めた。

十二

残党の捕縛を任せるべく、火盗改の鮫島広之進に使いを送った。

暗くなった護寺院ヶ原に火盗改の面々があらわれ、怪我《けが》をした手下どもは縄を打たれた。屍骸となった弥源太も戸板で運ばれていき、ほっと肩の荷を下ろしたところへ、鮫島の配下と名乗る中堅の与力が暗い顔でやってきた。

「悪い報せでござる」

何かとおもえば、若手与力の刈谷政之助が亡くなったという。

寝たきりだったはずの父親が息子の胸を刺し、みずからも自刃《じじん》を遂げたらしかった。

おそらく、息子のやったことを知り、生きている意味を見失ったのだろう。かつて火盗改の一翼《いちよく》を担《にな》った者として、息子の行状を許すわけにはいかなかったにちがいない。なかば予期していたこととはいえ、又兵衛は父子の壮絶《そうぜつ》な最期に絶句せざるを得なかった。

刈谷の父は遺言状も遺さず、潔《いさぎよ》く死んでいったという。

又兵衛が詳細な経緯を語らずとも、鮫島たちは仲間の父子が死なねばならなかった理由がわかっているようだった。

が、何ひとつ証拠はない。すべての元凶とおぼしき佐土原琢磨は、のうのうと生きている。長官の父親だけが何も知らず、どんな手を使ってでも息子に手柄をあげさせようと躍起《やっき》になっていた。

静香と同じ褥《しとね》で横になり、一睡もせずに朝を迎えた。

荒ぶる気持ちを抑えきれず、霜《しも》の張った庭に降りて真剣を振りつづけた。

——びゅん、びゅん。

和泉守兼定が風を切るたびに、身が引きしまるおもいになる。

素振りが一千回に達したとき、はっきりと覚悟が決まった。

佐土原琢磨を成敗する。

静香を守るためではない。

おのれを納得させるためだ。

証拠もなしに大身旗本と対峙したところで、十にひとつの勝ち目もなかろう。

そもそも、町奉行所の例繰方与力に、誰かを裁く権限はない。ましてや、琢磨の命を奪えば、理由の如何《いかん》にかかわらず、旗本殺しの汚名を着ることにもなりかねなかった。

「死ぬかもな」

覚悟とは、そういうことだ。

世の中には、見過ごしてはならぬものがある。

黙って見過ごすくらいなら、死んだほうがましだ。

「侍の端くれなら、そのくらいはわきまえておかねばな」

静香も武家の娘ゆえ、夫の覚悟はわかってくれるだろう。

案の定、口を真一文字に結び、溢《あふ》れる感情を抑えていた。

だが、ついに我慢しきれず、泣きながら訴えてくる。

「わたくしも、お連れくださいまし」

又兵衛は微笑み、首を横に振った。

「これは運命なのだ。避けて通れぬことゆえ、おぬしは静かに首尾《しゅび》を待ってお
れ」
　項垂れる静香を屋敷に残し、又兵衛は駿河台に足を向けた。
　何も告げておらぬのに、途中から長元坊が合流してくる。
「はぐれ又兵衛がどう始末をつけるのか、幼馴染《おさななじ》みのおれさまがきっちり見届
けてやるぜ」
　ありがたいとおもったが、口には出さずにおいた。
　錦小路の緩《ゆる》やかな坂を上り、佐土原屋敷の門前へたどりつく。
　どうしたわけか、棟門《むなもん》は固く閉ざされていた。
　空気は冷たく、霧《きり》がうっすらかかっている。
「止めるなら今だぜ」
　長元坊のことばを受け流し、又兵衛は颯爽《さっそう》と正門へ近づいた。
　――どんどん、どんどん。
　拳《こぶし》で門を敲き、すっと身を離す。
　わずかな沈黙のあと、重々しい軋みとともに門が開いた。
「うっ」

驚いたことに、火盗改の連中が捕り物装束で勢揃いしている。

まんなかに長官の佐土原采女が立ち、隣には琢磨が控えていた。

鮫島を筆頭とする捕り方たちも、厳しい顔でこちらを睨んでいる。

「飛んで火に入る何とやらだな」

嬉しそうに発したのは、琢磨であった。

「平手又兵衛、おぬしは不浄役人のくせに稲妻の弥源太と裏で通じ、私欲を貪《むさぼ》っておったのであろう。そう考えれば、はなしの辻褄は合う。刈谷政之助に手柄を譲ったとみせかけ、弥源太を牢抜けさせたことも、弥源太を護寺院ヶ原に呼びだして口封じしたことも、何から何までな。証拠はこれだ」

琢磨の足許《あしもと》には、弥源太から前金として手に入れたとおぼしき五百両箱が置いてあった。

「この金、何処から出てきたとおもう。昨夕、おぬしの屋敷からみつけたのだ。ふふ、これ以上の証拠はあるまい。父上」

琢磨に促《うなが》され、長官の采女が間抜けな台詞を吐いた。

「平手とやら、何か申し開きしたきことあらば、聞いてやってもよいぞ。何もないようなら、素直に罪状をみとめ、神妙にお縄につけ」

張りつめた空気のなか、又兵衛はさも可笑《おか》しそうに笑いだす。

「くふふ、驚きましたな。それがしごときのために、ここまで大袈裟な歓迎をしていただけるとは、光栄の至りにござる。しかも、朝っぱらから、かような世迷《よま》い言《ごと》を聞かされようとは、おもいもよりませなんだ」

「何じゃと」

「どら息子に、何としてでも手柄を立てさせたい。それもまあ、親心と申せましょうが、火盗改の長官がやることとはおもえませぬな」

「黙れ、不届き者」

琢磨が眸子を剝いて叫ぶ。

「父上、早う、みなの者に御下知《おげち》を。あやつを成敗させましょう」

「ふむ、わかった」

釆女は一歩踏みだし、右手を頭上に翳す。

「あやつめを捕縛いたせ。抗うようなら、斬って捨てよ」

偉そうに胸を反りかえらせ、呻《うめ》くように命を下した。

が、誰ひとり動かない。

「何をしておる。早うやれ、あやつを捕縛せよ」

采女が真っ赤になって叫んでも、みな、正面をじっと睨みつけている。

琢磨が耐えきれず、鮫島に詰めよった。

「おぬし、何をしておる。父上の……お長官《かしら》の命が聞こえぬのか」

鮫島は琢磨を上から睨みつけ、襟首《えりくび》を摑んだ琢磨の手を振り払う。

「筋の通らぬことはできぬでな」

低く発せられたことばに、琢磨は顎を震わせた。

「……こ、こやつめ」

采女は地団駄を踏んで口惜しがる。

「どういうことじゃ、鮫島、わかるように申せ」

鮫島は促され、毅然と言ってのけた。

「切捨御免の御墨付きは、世上の民に与えられた信頼の証し、火盗改のお長官《かしら》をつとめるためには尋常ならざるお覚悟が要りまする。身内の嘘《うそ》を見抜けぬような御仁に、われら弓組二番を束ねることなど、とうてい、かないますまい」

「……な、何と」

驚愕《きようがく》する采女を尻目に、鮫島はこちらに向きなおる。

「平手又兵衛どの、われら弓組二番の全員が見届け人となろう。さあ、この始末、どうつける」

「かたじけない」

又兵衛は深々とお辞儀をし、腰の兼定を鞘走らせる。

互の目乱《ぐめみだれ》の刃文《はもん》が、妖《あや》しげな煌《きら》めきを放った。

「おのれ、不浄役人め」

琢磨も白刃を抜きはなち、下段の青眼《せいがん》に構える。

「そういえば、直心影流の免状持ちであったな」

又兵衛は、落ち着き払った口調で言った。

琢磨は応じず、息すらも殺している。

隙のない構えは、それなりの力量であることをしめしていた。

直心影流の伝書《でんしょ》にも「泥牛鉄山《どろうしてつざん》を破ると云《い》うのかたちなり」とあるように、刀身のさきに鉄の壁をつくり、直押《ひたお》しに押してくる。泥牛のごとき迫力に萎《な》えてしまえば、こちらに勝機はない。

異様なまでの緊張に包まれるなか、琢磨は構えを右八相《みぎはっそう》に変えた。

八相発破《はっそうはっぱ》と呼ぶ袈裟懸けか、それとも、大上段から真《ま》っ向唐竹割《こうからたけわ》りに斬る村雲《むらくも》か、あるいは、上下に揺れながら突きに転じる早舟《はやぶね》か、直心影流は技の宝庫だが、無念無想でおのれの魂をぶつける又兵衛の剣には太刀打ちできまい。
たがいに爪先を躙《にじ》りよせ、五間の間合いで時が止まる。
「はっ」
仕掛けたのは、琢磨のほうだ。
突きとみせかけた袈裟懸け、八相発破にほかならない。
又兵衛は半眼で太刀筋を見切り、胸先三寸で一刀を躱す。
と同時に、くねるような逆袈裟を浴びせた。
――ばすっ。
鈍い音が響いた。
がくっと、琢磨が膝《ひざ》をつく。
又兵衛の繰りだした一撃は峰《みね》に返され、右の鎖骨《さこつ》をふたつに折っていた。
「勝負あり」
鮫島がゆっくり近づいてくる。
「見事な腕前だ。一刀で鎖骨を折るとはな。これでは、名誉の切腹もできまい」
苦しげに顔を歪《ゆが》めた琢磨は、鮫島の配下に連れていかれた。
長官の采女は両膝を地べたに落とし、頭を抱えてしまう。

「平手どののおかげで、刈谷も刈谷の父も浮かばれるに相違ない」

鮫島のことばは、組全員の気持ちでもあった。

又兵衛は納刀して一礼し、くるりと踵を返す。

敷居をまたぐと、背後の門が軋みながら閉まった。

「さすが、目白鮫だな」

待ちかまえていた長元坊が、感嘆の声を漏らす。

配下から信頼されぬ長官は、お役を解かれるしかなかろう。

屋敷で待つ静香もたぶん、溜飲《りゅういん》を下げてくれるにちがいない。

月が替わって初子《はつね》になれば、市中に二股大根《ふたまただいこん》が出まわりはじめる。

浅草今戸《あさくさいまど》の待乳山聖天《まつちやましようでん》にでも出向き、縁起物の大根を求めつつ「福来《ふくらい》」を祈願せねばなるまい。

長元坊の口ずさむ鼻歌を聴きながら、又兵衛はそんなことを考えていた。

暫《しばらく》

一

霜月《しもつき》は芝居《しばい》正月《しようがつ》、朔日《さくじつ》から幕開けとなった顔見世《かおみせ》興行《こうぎよう》は連日の大入りである。堺町《さかいちよう》の中村座《なかむらざ》と葺屋町《ふきやちよう》の市村座《いちむらざ》、日本橋の二丁町《にちようまち》には幕府公認の櫓《やぐら》がふたつ建ち、往来を挟んで芝居茶屋《しばいぢやや》が軒《のき》を並べていた。

芝居小屋の壁には祝いの酒樽《さかだる》が山と積まれ、役者名の書かれた色とりどりの幟《のぼり》がはためいている。勘亭流《かんていりゆう》の文字で「三芝居狂言尽《さんしばいきようげんづくし》」と記された大名題看《おおなだいかん》板《ばん》の下では、女形に扮《ふん》した木戸芸者《きどげいしや》たちが声色を使って巧《たく》みに配役を読みあげていた。

いまだ明《あ》け初《そ》めぬうちから、往来は寸地《すんち》も漏らさぬほどの見物客で溢《あふ》れ、切り落としの札を求める者たちは殺気走った眸子《まなこ》をしている。もっとも、金満家は押し合いの列に並ばずともよい。芝居茶屋を通して、桟敷《さじき》や高土間《たかどま》の上等な席をあらかじめ手に入れている。好きな頃合いにのんびりやってきて、茶屋で寛《くつろ》いだあとに芝居小屋へ向かうのである。

一方、武家はといえば、法度《はっと》で芝居小屋への出入りを禁じられていた。ただし、杓子定規《しゃくしじょうぎ》に法度を守る者はいない。ことに、おなご連中には芝居好きが多く、芝居正月ともなれば、母娘ともども念入りにめかしこんで二丁町へいそいそとやってくる。

亀と静香もどうやら、芝居好きのようだった。

又兵衛は気を利《き》かせて、茶屋経由で高土間の札を取ってやったのだが、ふたりは幕開けを報《しら》せる暁七《あかつきなな》つ（午前四時頃）の二番太鼓《にばんだいこ》が聞きたいと、暗いうちから八丁堀の屋敷を出て、鼠木戸《ねずみきど》の前にできた黒山の人集《ひとだか》りへ果敢《かかん》に突っこんでいった。

「これでなくては、芝居見物にまいった気がいたしませぬ」

などと言い、人混みに辟易《へきえき》とする又兵衛に向かって、ふたりは嫣然《えんぜん》と微笑《ほほえ》む。

雪崩《なだ》れ込むように市村座の小屋へ入ったあとは、高土間の席に陣取《じんど》り、萌葱《もえぎ》、柿色《かきいろ》、黒の定式幕《じょうしきまく》が開くのを待つ。間口は十三間《けん》、奥行は二十間、小屋のなかはさほど広くもない。顔見世のつきものとして、舞台天井からは役者名と紋の描かれた場吊《ばっ》り提灯《ぢょうちん》が隙間《すきま》なく下げられている。

幕が開けば切れ間なく、恒例の「翁渡《おきなわた》し」からはじまり、脇狂言《わききょうげん》、序開《じょびらき》、二《ふた》立目《たてめ》と、絢爛豪華《けんらんごうか》な演《だ》し物《もの》がつづいていった。

客の目当ては何といっても、座頭《ざがしら》でもある大名題《おおなだい》の七代目市川團十郎《いちかわだんじゅうろう》、齢《よわい》三十一と歌舞伎《かぶき》役者としてはまだ駆けだしだが、見栄《みば》えの良さは折紙付き、見得を切った大きな目で睨《にら》まれたいと、縁起を担《かつ》いだ連中が挙《こぞ》って札を買いもとめる。

隣町の中村座では、三代目尾上菊五郎《おのえきくごろう》が座頭となり、顔見世興行を打っていた。こちらは齢三十八、芸の上では先達《せんだつ》だけに人気先行の團十郎には並々ならぬ競争心を抱いている。張りあう大立者《おおだてもの》ふたりが火花を散らす趣向も、巷間《こうかん》では賑《にぎ》やかな話題となった。

が、又兵衛にはどうでもよいはなしだ。

三立目《みたてめ》の『暫《しばらく》』さえ観ることができれば、正直、あとはどうでもよい。

「待ってました、成田屋《なりたや》」

大向こうから、贔屓筋《ひいきすじ》の声が掛かる。

舞台となるのは鶴岡八幡宮《つるがおかはちまんぐう》、悪人どもが無実の善人を殺そうとしたところへ、主人公の鎌倉権五郎《かまくらごんごろう》が「しばらく」と大声を張ってあらわれ、悪人どもをやりこめる。筋は単純明快だ。

小屋のなかは薄暗く、天窓からの光と百目蠟燭《ひゃくめろうそく》しかない。

今まさに善人の首が打ちおとされようとしたとき、團十郎演じる鎌倉権五郎が車鬢《くるまびん》の鬘《かつら》に筋隈《すじぐま》の隈取《くまど》りで登場する。

「しばらぁくぅ、しばらく、しばらあぷーぅ」

まずは、派手な装束《しょうぞく》と大音声《だいおんじょう》に圧倒された。

七尺の長刀を帯《お》びた権五郎は花道の七三へ、さらに、舞台中央では柿色素襖《かきいろすおう》の衣裳《いしょう》をばっと左右に開く。八反もの布を使い、芯《しん》を入れて左右に角張らせた袖《そで》には、成田屋の三升紋《みますもん》が染めぬかれている。権五郎はつらねを立て板に水のごとく喋《しゃべ》りきり、悪人どもの首をちょんちょん刎《は》ねるや、長袴《ながばかま》をさばいて「やっとことっちゃ、うんとこな」と陽気に唄いつつ、六方《ろっぽう》の引っ込みを披露《ひろう》する。艶《つや》めいた顔に二本隈《にほんぐま》を生き物のようにくねらせながら、花道を意気揚々《いきようよう》と引きあげるのである。

「よっ、成田屋」

それだけ観れば、又兵衛は満足だった。

亀と静香に「さきに帰る」と囁《ささや》き、そそくさと小屋の裏口から退出する。

市村座は表に大茶屋《おおぢゃや》を十軒、裏に小茶屋《こぢゃや》を十五軒も抱えていた。大奥《おおおく》の女官や金満家は大茶屋で接待されるのを常《つね》としているのだが、芝居にどっぷり浸《つ》かった連中は小茶屋のほうへやってくる。舞台裏と繋《つな》がっているので、運がよければ役者と遭遇《そうぐう》する機会に恵まれるからだ。

又兵衛は小茶屋のひとつに入り、上《あ》がり端《ばな》に座って渋茶《しぶちゃ》を一杯注文した。垢抜《あかぬ》けた女将《おかみ》にすすめられたので、喫《す》い馴《な》れぬ煙管《きせる》をすぱすぱやっていると、小屋の裏口から人影がふたつ飛びだしてきた。

何と、ひとりは車鬢の鬘に筋隈の隈取り。「やっとことっちゃ、うんとこな」と唄いながら六方を踏んだ團十郎そのひとにほかならない。

はなしぶりからすると、相手は芝居の裏方を仕切る帳元《ちょうもと》らしかった。何やら揉《も》めており、突如《とつじょ》、摑《つか》みあいの喧嘩《けんか》をやりはじめる。近くにいた連中が割ってはいり、駒下駄《こまげた》をつっかけた團十郎だけが小屋のなかへ引っこんだ。ひとり残された帳元は深い溜息《ためいき》を吐《つ》き、朱羅宇《しゅらう》の煙管をすぱすぱやりはじめる。

「よくあることですよ」

衣裳代が足りぬとか、芝居に気持ちがはいっておらぬとか、揉め事の種《たね》ならいくらでもあるのだろう。

「放っておきゃいいんです」

苦笑いで喋りかけてくる女将に煙管を返し、又兵衛はやおら尻を持ちあげた。

蔭間茶屋《かげまぢゃや》の並ぶ芳町《よしちょう》を抜け、堀川に架かる親父橋《おやじばし》を渡っていく。

芝居はつづいているので、行《ゆ》き交《か》う人はまばらだった。

橋のなかほどまで進むと、黒い巻羽織《まきばおり》に小銀杏髷《こいちょうまげ》の同心が欄干《らんかん》から身を乗りだしている。気になって足を止めれば、欄干に腰骨が引っかかるほどまで乗りだしたので、又兵衛は素早く身を寄せた。

帯の後ろを摑み、ぐいっと引きよせる。

「うわっ」

同心はこちらに背中を預けてきた。

又兵衛は踏みとどまり、後ろから支えてやる。

立ちなおった同心は振りむき、ぺこりと頭を下げた。

「助けてくださったのか、申し訳ない」

のっぺりした平目顔《ひらめがお》、皺《しわ》の深さから推《お》せば、亡くなった父親ほどの年恰好《としかっこう》だ。

隠居も近い臨時廻りであろうかと推察し、又兵衛は問うてみる。

「川へ飛びこむつもりでござったのか」

「いいや、眺《なが》めておったら、吸いこまれそうになった」

妙な男だ。

「もしや、團十郎の『暫《しばらく》』を観てこられたのか」

やんわりと聞かれて、又兵衛はうなずいた。

「いかにも」

「ふむ、團十郎はなかなかによい。されど、三代目中村歌右衛門《うたえもん》の風格とくらべれば、いまだ足許《あしもと》にもおよばぬ」

「ほう」

「貴殿、齢《とし》は」

「三十八にござる」

「されば、おぼえておろう。今から十三年前、三代目歌右衛門は初めて江戸の地を踏んだ。あのときの大騒ぎを」

やり手の金主が「二幕報酬二百両、衣裳代百両」という破格の条件で口説《くど》き、名声も人気も当代一と呼び声の高い三代目中村歌右衛門を大坂から呼び寄せた。

その当時、江戸には三代目板東三津五郎《ばんどうみつごろう》という大名題がいた。東西千両役者の競演は大評判になったので、又兵衛もよくおぼえている。

「皐月《さつき》興行で、歌右衛門は『義経千本桜《よしつねせんぼんざくら》』の平知盛《たいらのとももり》を演《や》った。あの市村座でな。初演の際に小道具の碇《いかり》が客席に飛び、は組の鳶《とび》が怪我《けが》をした。怒った鳶は楽屋に乗りこんで歌右衛門の顔を撲《なぐ》ったが、歌右衛門は気にも留めず、撲られた傷に膏薬《こうやく》を塗って翌日からも舞台をつづけた」

言われてみれば、たしかに膏薬の武勇伝もあって、市村座は連日の大入りとなった。これに対抗すべく、三代目三津五郎を座頭にして『忠臣蔵《ちゅうしんぐら》』を掛けた中村座は、大きく水をあけられたのだ。

同じ『義経千本桜』で歌右衛門の演じた狐忠信《きつねただのぶ》には、又兵衛も泣かされたおぼえがある。

「狐が化けた忠信が親を偲《しの》ぶ愁嘆場《しゅうたんば》。『これというも我が親に孝行が尽くしたい、親大事親大事とおもいこんだ心が届き、大将の御名を下されしは人間の果をうけたも同然、いよいよ親がなお大切、片時も離れず付き添う鼓《つづみ》』」

老《お》いた同心は目に涙を溜《た》め、淀《よど》みなく狐忠信の名台詞《めいぜりふ》を口ずさんでみせる。

「されど、好評を博した市村座の興行が終わったのち、とんでもないことが勃《お》こった。おぼえておられようか」

「ふむ、そういえば……」

興行の当たり外れにかかわらず、興行主の座元《ざもと》は幕府に櫓銭《やぐらせん》を納めねばならない。その櫓銭が、芝居町《しばいまち》から千代田城《ちよだじょう》へ移送される途上で強奪された。幕府の意向で表沙汰《おもてざた》にされなかった出来事ゆえ、詳しくはおぼえておらぬものの、たしか、櫓銭を強奪した盗人《ぬすっと》は捕まっていないはずだ。

「さよう、十三年前のことゆえ、忘れている者も多い。盗まれた櫓銭は二千両を超えていたとも言われておる。それだけの大金を盗んだ連中が捕まらず、今も何処《ど》かでのうのうと生きておるのかとおもえば、はらわたが煮えくりかえってくる」

同心は吐きすて、悲しげな顔で一句詠《えい》じてみせる。

「大当たり、銭は何処《いずこ》へ消えにけり……されど、十三年前のことなど、もう誰も気に掛けておらぬ。無為《むい》に過ぎ去るだけの日々が恨《うら》めしい……いや、通りかかっただけの貴殿に、つまらぬ愚痴《ぐち》を聞かせてしもうた。忘れてくだされ」

「はあ」

あきらめと口惜《くちお》しさの滲《にじ》んだ表情に、意味もなく胸を打たれた。

何故《なにゆえ》、十三年もまえの出来事にこだわるのか。

問うてもよかったが、余計なことかもしれぬと控えた。

たがいに名乗りもせず、一礼しただけで別れてしまう。

又兵衛は後ろ髪を引かれるおもいのまま、親父橋から離れていった。

二

翌、霜月六日。

武平《ぶへい》という市村座の帳元が斬殺された。

昨日、朱羅宇の煙管を喫っていた男だと察し、又兵衛は正午近くになってから隙をみて町奉行所を抜けだし、芝居町へ足を向けてみた。親父橋から見下ろすと、葺屋町にある市村座の表口は野次馬《やじうま》どもで溢れており、入口から筋隈の隈取りをした男が連れだされてくる。

「團十郎だぞ」

誰かが叫んだ。

團十郎は後ろ手に縛られ、町奉行所の同心に背中を小突かれている。

「よっ、成田屋」

声を掛ける者まであった。

なるほど、これもひとつの大芝居とみえなくもない。

偉そうに指図する陣笠《じんがさ》の与力には、みおぼえがある。

北町奉行所の吟味方筆頭与力、荒木田主馬《あらきだしゅめ》であろう。

身内から「百足《むかで》」と呼ばれ、煙《けむ》たがられている人物だ。

荒木田は野次馬たちを見下ろし、居丈高《いたけだか》に口上を述べる。

「帳外者《ちょうがいもの》を一匹捕まえた。こってり絞《しぼ》りあげ、罪を白状させてやる。当面、市村座の興行は差し止めといたすゆえ、そのつもりでおるように」

聞いている連中から不満が漏れても、荒木田は團十郎張りの睨みひとつで黙らせる。

「文句があれば、町奉行所で聞いてやる」

北町奉行所の連中が出張《でば》っているなか、南町奉行所の与力が同じ案件で動いていると知れたらまずい。それでも、へそ曲がりの又兵衛は、少し調べてみようとおもった。

なるほど、芝居小屋の裏手で隈取り姿の團十郎が帳元と揉めているのはみた。おそらく、芝居小屋に関わっている誰かが帳元との不和を密告したのだろう。されど、團十郎が殺《あや》めたとは、とうていおもえぬからだ。

とっかかりは、小茶屋の垢抜けた女将だった。帳元の屍骸《むくろ》は昨夜遅く、人形《にんぎょう》町《ちょう》にある三光稲荷《さんこういなり》の境内《けいだい》でみつかったという。みつけたのは、客引きをしていた芳町の蔭間だった。蔭間の名を教えてもらい、さっそく、又兵衛は芝居町の裏手にある薄暗い露地裏《ろじうら》へ踏みこんでいった。

芳町の露地裏には黒塀《くろべい》の蔭間茶屋が並び、日中は死んだように眠っている。茶屋の主人はたいてい年嵩《としかさ》の女形が兼ねており、雇っている蔭間たちも芝居に携《たずさ》わる若衆《わかしゅ》たちだった。なかには舞台にあがっている者もいるようだが、屍骸をみつけた菊丸《きくまる》という蔭間は、訪ねた茶屋の片隅で震えていた。

「……ちょ、帳元は胸乳《むねぢ》の上を真一文字に斬られておりました。狛犬《こまいぬ》のそばで、大の字になっていたのです。下手人《げしゅにん》の顔なんぞ、みちゃおりません」

菊丸は必死の形相《ぎょうそう》になり、同じはなしをつい今し方、北町奉行所の老いた同心にも喋ったという。

「老いた同心か」

「定橋掛《じょうばしがかり》の臼井誠左衛門《うすいせいざえもん》さまです。かならず月に一度はおみえになり、世間話をしていかれます。お仲間内では『幽霊』なんぞと綽名《あだな》されているようですが、お優しい方ですし、揉め事があれば仲裁にはいっていただけるので、わたしら蔭間にとっては『仏様』のような旦那なんです」

「その同心、のっぺりした平目顔か」

「仰《おお》せのとおりにござります」

親父橋から身を乗りだしていた同心にちがいない。

「臼井さまにしてはめずらしく、襟首《えりくび》を摑むほどの勢いで聞かれました」

と、菊丸は言った。

何か、よほどの思い入れでもあるのだろうか。

臼井なる同心の漏らした台詞が脳裏《のうり》に甦《よみがえ》ってきた。

──無為に過ぎ去るだけの日々が恨めしい。

あきらめと口惜しさの滲んだ顔を思い浮かべてみれば、放ってはおけない気分になってくる。

「臼井誠左衛門は、ほかに何か言うておらなんだか」

「三年前の女形殺しは知っているかと、お尋ねになりました。もちろん、知らぬはずはありませぬ」

菊丸は直《じか》にみたわけではなかったが、芝居町で暮らす者で知らぬ者はいないという。市村座の座付きだった柳瀬川松之丞《やなせがわまつのじょう》という女形が、同じ三光稲荷の境内で斬殺されたのだ。下手人はみつからず、辻斬《つじぎ》りの仕業《しわざ》として処理された。

「惨《むご》いはなしをおもいだし、からだの震えが止まらなくなりました」

泣き顔の菊丸に礼を言い、又兵衛は芳町をあとにした。

さらに、その足で市村座へ向かう。

さきほどまでの喧噪《けんそう》は消え、芝居小屋は静まりかえっていた。

裏手から小屋にはいり、小屋主でもある座元のすがたを探す。

舞台の袖までやってくると、大きな熊手《くまで》の飾られた神棚があり、還暦《かんれき》を疾《と》うに過ぎたとおぼしき老人が両手を合わせていた。

祈りが済むのを待って、又兵衛は声を掛けた。

「もし、座元か」

振りむいた老人は、眸子を細める。

「いいえ、それがしは鶴屋南北《つるやなんぼく》にございます」

「ほう、そなたが」

四代目鶴屋南北は当代一の戯作者《げさくしゃ》、幼子《おさなご》までもがその名を知っている。

南北は縁起物の熊手を見上げ、ふうっと溜息を吐いた。

「昨日は一《いち》の酉《とり》、下谷《したや》の鷲大明神《おおとりだいみょうじん》でせっかく求めたにもかかわらず、ご利益《りやく》は何ひとつございませなんだ」

「肝心要《かんじんかなめ》の帳元が殺められたのだからな」

「たしかに、武平は帳元にございましたが、腰掛けにすぎませぬ。座頭の七代目さえおってくれれば、どうにかなったのに」

支度金の調達や役者の抱え入れ、さらには客席の割り当てまで、帳元は興行の権利を持つ座元からすべてを任されている。顔見世興行を皮切りに一年分の仕切りを任せる座頭の選定もおこない、演し物や配役を決める世界定《せかいさだ》めも、帳元と座頭と立作者《たてさくしゃ》の三者で相談する慣習となっていた。

帳元が腰掛けならば、興行に支障をきたすのではあるまいか。

「なあに、武平などおらずとも、興行はとんとんと進みます。今から半年ほど前、素人《しろうと》も同然で帳元になった御仁《ごじん》ですから」

素人も同然の人物が、帳元になることなどできるのだろうか。

「金主の京橋《きょうばし》さまから、座元がどうしてもと頼まれたのです。興行の支度金をほとんど賄《まかな》っていただいているわけですから、座元といえども金主の申し出を拒《こば》むことはできませせぬ」

「京橋さまとは、いったい誰なのだ」

「おや、京橋で油見世《あぶらみせ》を営《いとな》まれる天神屋丑助《てんじんやうしすけ》さまをご存じない」

屋号は耳にしたことがあるものの、芝居町で名の通った金主だとは知らなかった。

「京橋さまは、興行に口も出されます。帳元の首を挿《す》げ替えることなど、朝飯前なのですよ。されど、大名題の七代目に縄を打たれては、さすがに興行はできませぬ」

「禍転《わざわいてん》じて何とやら。團十郎が戻ってくれれば、かえって話題になるかもしれぬぞ」

「戻ってくればのはなしです。もちろん、七代目が武平を斬るはずはない。真剣を握ってできることと申せば、華麗な立ちまわりだけなのですから。さようなことは、お上も先刻御承知のはず。狙いは金なんです。いったい、誰にいくらお渡しすれば、はなしが丸く収まるのか。京橋さまが、そのあたりの見極めをなされておいでのはず。せめて、来月十日の千穐楽《せんしゆうらく》までには戻していただかぬことには……おっと、うっかり口を滑らせてしまいました。今日はこれで、おふたり目にございます」

「ほかにも、ここに足をはこんだ者がおったのか」

「ええ、古くからお知りあいの旦那です」

南北の台詞を聞き、又兵衛は片方の眉《まゆ》を吊りあげる。

「もしや、臼井誠左衛門か」

「おわかりでしたか」

南北は、上目遣《うわめづか》いに顔を覗《のぞ》きこんでくる。

「遅まきながら、旦那はどちらさまで」

「わしは平手又兵衛、南町奉行所の例繰方与力だ」

「ほう、南町の。しかも、例繰方と申せば、御内勤であられますな」

「いかにも」

「臼井さまとお知りあいであられる」

「知りあいというほどでもない。じつは、義母と妻が團十郎贔屓でな、このたびのことをえらく案じておったゆえ、足労《そくろう》してみたまでのこと」

南北はうなずいた。

「なるほど、公《おおやけ》の御用向きではないと仰《おつしや》る。それならば、わたしが神棚でみつけた遺書のことをお伝えしても、差しつかえございますまい」

「遺書とは、まさか、殺された帳元の」

「もっとも、わたしが遺書と呼んでいるだけのこと。武平はみずから命を絶《た》ったわけではありませぬからな。ただ、誰かに殺められる予感はあったのかもしれませぬ。そうおもったので、遺書と申しあげました」

「みせてもらえぬか」

「臼井さまに請《こ》われ、紙はお渡し申しあげました。ただ、記されてあった中味はおぼえております」

「教えてくれ」

「はっ、では」

南北は居ずまいを正す。

「『菅公《かんこう》と油うるしに聞けぞかし』とだけ、記されておりました」

「『菅公と油うるしに聞けぞかし』か。その意味は」

「韻《いん》を踏んでいるようですが、意味はさっぱり」

当代一の戯作者でもわからぬ文面の意味を、一度聞いただけの又兵衛がわかろうはずはない。

「臼井さまにお尋ねになったらいかがでしょう」

鶴屋南北は興味深げに首をかしげ、またもや、こちらの顔を覗きこんでくる。

その仕種《しぐさ》は悪戯《いたずら》好きの童子《どうじ》にしかみえず、又兵衛は苦笑せざるを得なかった。

三

何故《なにゆえ》、帳元は殺められたのか。

そもそも、半年前、素人も同然の武平が帳元に抜擢《ばってき》された理由は何なのか。

二番目の問いについては、金主の「京橋さま」こと天神屋丑助が鍵を握っている。

金主として名を馳《は》せるようになったのは三年前からだと、小茶屋の女将は教えてくれた。

「市村座が不入りつづきで、座頭と帳元が夜逃げの相談までしていたときでした」

丑助が飄然《ひょうぜん》と芝居町にあらわれたのだという。

「上背《うわぜい》もあるし、鼻筋の通った役者顔だし、ほんとうに、うっとりするような男ぶりでしてねえ。しかも、天下の市村座が潰れるかどうかの瀬戸際なのに、指を咥《くわ》えてみているわけにはいかぬと大見得を切り、一千両をぽんと出してみせた。そんな男に惚《ほ》れない女はまずおりませんよ」

本業の油見世では、鬢付《びんつ》け油《あぶら》や洗粉《あらいこ》などの化粧の品を扱っている。当初は、さほど大きな店でもなかったらしい。ところが、人気役者たちが天神屋の化粧の品を使いだしたものだから、ご贔屓にしている大奥や廓《くるわ》の女たちも競《きそ》うように乗りかえていった。市井《しせい》でも評判となり、天神屋はあれよあれよという間に大店《おおだな》の仲間入りを果たしたのだ。

市村座の窮地《きゅうち》を救ったことで、天神屋にはとんでもない福が転がりこんできた。もちろん、賢い商人らしく算盤《そろばん》を弾《はじ》いていたのであろうが、芝居町の連中は丑助の俠気《おとこぎ》に絆《ほだ》されてしまったようだった。

一方、殺された武平という帳元の評判は今ひとつで、丑助が連れてきた男だから致し方ないと、誰もがおもっていたらしい。上方《かみがた》のほうで黒鍬者《くろくわもの》の差配をやっていたということ以外、詳しい素姓《すじょう》を知っている者もおらず、丑助との関わりは本人に聞いてみなければ判明しそうになかった。

だからといって、京橋の天神屋へ足を向けるのは気が引ける。丑助は團十郎の身柄を戻してもらうべく、北町奉行所の荒木田と顔を合わせるだろうし、何かの拍子《ひょうし》に又兵衛の名が出れば、荒木田は怒髪天《どはってん》を衝《つ》く勢いで「首を突っこむな」と、吼《ほ》えまくるにちがいないからだ。

荒木田に目をつけられたら面倒なことになる。そこで、天神屋丑助のほうはしばらく放っておくことにし、又兵衛は臼井誠左衛門に会ってみようとおもった。

もちろん、手ぶらで訪ねるつもりはない。

御用部屋での役目を終えたのち、古い裁許帳《さいきょちょう》が仕舞《しま》ってある書物蔵に籠《こ》もり、まずは三年前の女形殺しを調べてみた。

なるほど、菊丸の言っていたとおり、女形殺しは辻斬りの仕業だったとされている。ただし、斬られた手口は「雁金《かりがね》の一刀」と記載されており、帳元殺しにおける「胸乳の上を真一文字」と同じ手口だった。

「屍骸がみつかった場所も、斬られた手口も同じ」

すなわち、三年という歳月を隔《へだ》てて、同じ凶事《きょうじ》が繰りかえされたことになる。

「偶然か、それとも……」

同じ相手が何らかの意図に基《もと》づいてやったことなのか。

柳瀬川松之丞なる座付きの女形と帳元の武平が、何故、夜遅くに三光稲荷へおもむいたのか、そのあたりを調べてみる必要もありそうだ。

さらに又兵衛は、臼井がこだわっていた十三年前の出来事も調べなおしてみた。盗人は捕まっていないので、櫓銭の強奪に関する裁許帳はあろうはずもなく、苦労して探すことができた宿直《とのい》の日誌には、一行ほどの記録が残されているだけだった。

――市村座の櫓銭強奪さる。盗人捕まらず。斬られた勘定方《かんじょうかた》二名、のちに自刃《じじん》。

夜更《よふ》けまで探しても、ほかに記載された書面はみつけられなかった。

こうした事例はいくらでもある。勘定所《かんじょうしょ》のみならず、幕府そのものの威光に関わる出来事とみなされ、世間に知られぬように処理されたのだ。

「要は、なかったことにされたわけか」

櫓銭を強奪した盗人だけが得をしたことになる。十手を預かる臼井としては、矜持《きょうじ》を傷つけられる出来事だったにちがいない。ただ、十三年も経《た》てば、怒りや口惜しさといった感情は薄れるはずで、臼井が今もこだわっているのだとすれば、何か格別の理由があるようにおもわれてならなかった。

ともあれ、臼井はあきらかに、帳元の武平が殺められた一件を嗅《か》ぎまわっている。

ひょっとしたら、何か摑んでいるのかもしれない。

「やはり、会わねばわからぬか」

翌日は非番だったので、又兵衛は朝早くから外を歩きまわった。

定橋掛は崩れそうな橋がないかをみてまわる役目、江戸府内には無数の橋があるので、臼井を捜すのは容易《たやす》いことではない。八丁堀の組屋敷を訪ねたほうがよかったかもと悔《く》いつつも、何となく芝居町のほうへ足を向けた。

すると、親父橋の欄干に臼井らしき人物がもたれかかっている。

一昨日《おととい》と同様の光景に苦笑せざるを得なかった。

「臼井誠左衛門どの」

名を呼ぶと、臼井は驚いた顔をする。

又兵衛は、にこやかに近づいていった。

「この橋がよほどお好きなようですね」

「貴殿こそ……それにしても、何故、それがしの名をご存じなのだ」

「菊丸という蔭間も、立作者の鶴屋南北も、親しげにあなたの名を口にした」

「ふたりのもとへ行かれたのか……貴殿はいったい」

「南町奉行所の例繰方与力、平手又兵衛と申します」

「例繰方の与力どの、これはとんだご無礼を」

臼井は焦《あせ》った様子で、欄干から身を離す。

「いや、そのままでけっこう。与力風を吹かせる気は毛頭《もうとう》ありませぬゆえ。人生の先達であるあなたに、伺《うかが》いたいことがあります」

「いったい、何事にござりましょう」

「されば、お伺いする。橋廻《はしまわ》りのあなたが、何故、帳元殺しを調べておられる。三年前の女形殺しと、何か関わりでもござるのか」

臼井は黙って俯《うつむ》いた。どうやら、喋りたくないらしい。

それでも、又兵衛は粘った。

「拠所《よんどころ》ない事情がおありなのは察しております。初対面も同然の相手を信じてほしいと申すのは、いささか虫のいいはなしかもしれませぬな」

「申し訳ござらぬ」

「何も謝ることはない。一昨日、それがしは義母と妻を連れて、團十郎の『暫《しばらく》』を観ました。そののち、ひとりで小屋の裏手にある小茶屋で寛いでいたところ、隈取り姿の團十郎と帳元が言い争っているのを見掛けた。帰り道にこの橋であなたとお会いし、十三年前に市村座の櫓銭が強奪された出来事を聞かされた。さらに翌朝、市村座の帳元が屍骸でみつかったと聞き、興味半分にこちらへ足を向けてみると、縄を打たれた團十郎がちょうど引っ立てられていくところだった」

臼井は眉間《みけん》に皺を寄せる。

「興味半分に足を向けたと申されましたな。されば、あとの半分とは何でござろうか。無礼を承知で申しあげれば、それがしの知るかぎり、御内勤のみなさまは江戸の闇に関心などおありでない。悪党どもを憎む気持ちが、それほどおありともおもえぬ。いったい何が、平手さまのお気持ちを動かしたのか、それを伺いたい」

「さよう……」

又兵衛はことばを切り、しばし考えたすえに言った。

「……敢《あ》えて申せば、あなたの顔をみたせいかもしれぬ」

「それがしの顔でござるか」

「ふむ。あなたは『無為に過ぎ去るだけの日々が恨めしい』と仰り、あきらめと口惜しさの入りまじったような顔をされた。その顔をみたとき、まことは川に飛びこもうとしたのではないかと勘ぐった。さらに、あなたが帳元殺しを調べていると知り、十三年前の出来事に絡めて、何か深い事情がおありなのではないかと、ご推察申しあげた。暇《ひま》な内勤与力の勝手なおもいこみかもしれぬ。されど、わからぬことを放っておけぬ性分ゆえか、一連の出来事の結末を知りたくなった……とまあ、そんなところでござろうか。納得していただけぬかもしれぬが」

臼井は黙って歩きかけ、立ち止まって振りむいた。

「そのさきの小網町に、美味《うま》い蕎麦屋《そばや》がございます。つきあっていただけますか」

「喜んで」

又兵衛は嬉々《きき》として応じ、臼井の背にしたがった。

四

橋を渡って照降町《てりふりちょう》を過ぎると、小網町の川沿いに『長寿庵《ちょうじゅあん》』という蕎麦屋があった。

脂《あぶら》で汚れた暖簾《のれん》を振りわけ、長細い床几《しょうぎ》の奥に座る。

臼井は見世の常連らしく、胡麻塩頭《ごましおあたま》の親爺《おやじ》に笊《ざる》二枚と熱燗《あつかん》を注文した。

「二八《にはち》蕎麦と銘打《めいう》っておりますが、まことは三七程度の割合にございましょう。つなぎは布海苔《ふのり》にござる」

「ほう、めずらしいな」

「蕎麦好きは、つなぎの少ないほうを選びがちですが、平手さまもその口で」

「まあ、そうかもしれませせぬ」

「あっ、まいりました」

笊に載った盛り蕎麦が二枚、熱い銚釐《ちろり》とともに運ばれてきた。

「ずいぶん、手際がいいな」

「包丁人《ほうちょうにん》は手際が命、あの親爺は鯖《さば》なんぞも上手にしめます」

安酒を酌《く》みかわし、又兵衛は緑がかった色の蕎麦を啜《すす》る。

「ん、こりゃ美味いな」

「喉越《のどご》しがたまらぬでしょう」

「つるつる流れていくようだ」

「蕎麦は喉越しにござります」

「まことに」

ふたりは蕎麦談義ですっかり打ち解け、酒量のほうもすすんだ。

もちろん、肝心なことを聞かずに見世を出るわけにはいかない。

「ところで、帳元殺しについて、何かわかりましたか」

又兵衛が水を向けると、臼井はそれが癖なのか、眉間に皺を寄せた。

「殺めた者の見当はついております」

「えっ、まことか」

「証拠はございませぬ。言ってみれば、それがしの勘働きのようなもの」

「親父橋でも申したが、三年前にも三光稲荷の境内で、市村座付きの女形が殺められたと聞きました。調べてみると、女形は雁金の一刀で斬られていた。こたびの帳元殺しと同じ手口です。下手人は捕まらず、三年前は辻斬りの仕業にされたが、じつはそうでないとお考えなのでは」

臼井は頭《こうべ》を垂れた。

「ご勘弁を。確たる証拠はございませぬ。平手さまを危うい目に遭《あ》わせるやもしれぬゆえ、手前勘《てまえかん》で誰かの名を口走るわけにはまいらぬのです」

「そこまで仰るなら致し方ない。されど、見当がついておられるようなら、その筋に沿って調べていけばよいだけのはなし。早々に証拠を摑むこともできましょう」

酔いも手伝ってか、臼井は気色《けしき》ばんだ。

「それほど容易いはなしではございませぬ。何しろ、十三年も捕まえられずにいる相手ですからな」

「どうも、わからぬ」

又兵衛は首をかしげる。

「櫓銭が強奪された十三年前の出来事と三年前の女形殺し、さらには、こたびの帳元殺しはすべて繋がっていると、臼井どのはお考えなのか」

「繋がっていると信じたい、というのが本音かもしれませぬ」

「いったい、十三年前に何があったのか。差しつかえなければ、それだけでもお教え願えぬか」

臼井は一瞬黙りこみ、ぽつりと吐きすてた。

「倅《せがれ》が腹を切ったのでござる」

「えっ」

櫓銭の移送は勘定所の役目で、当夜は勘定方の若手二名が指揮を執《と》り、小者五名ほどをしたがえていた。

「刻限や千代田城への道筋は極秘にされ、外の者にはけっして知られぬようになっておりました。にもかかわらず、移送の途上で盗人どもに襲撃され、抗《あらが》った若手二名は大怪我をした」

小者たちは蜘蛛《くも》の子を散らすように逃げたので、盗人どもの面相《めんそう》はおろか、数さえも把握《はあく》できなかった。一方、勘定方の若手二名は命こそ取り留めたものの、失態の責を負わされて、数日後に腹を切った。

「ひとりは寺尾誠一郎《てらおせいいちろう》と申します。生きておれば、平手さまと同い年の三十八になりましょう」

「まさか、その御仁がご子息であったと」

「頭の良い子で、鳶《とんび》が鷹《たか》を生んだと、みなによく言われました」

十五歳のときに昌平黌《しょうへいこう》で成績一番になり、寺尾惣大夫《そうだゆう》という勘定吟味役《かんじょうぎんみやく》から、是非とも養子に貰《もら》い受けたいとの申し出があった。

「一人息子ゆえ、死ぬほど悩みました。妻は反対いたしましたが、お相手の寺尾家は立派な御旗本、それにくらべて当方は一代抱えの不浄《ふじょう》役人にすぎませぬ。本人の将来を考えれば、これほどありがたいご縁はない」

臼井は悩んだあげく、養子縁組を決めた。

誠一郎は十五歳から十年間、文武に励《はげ》んで順調な道程《みちのり》を歩み、勘定所内でも将来を期待される若手に育っていったという。

「わたしと妻にとって、誠一郎の成長は夢でした。それが盗人どもに一瞬で奪われてしまった。どれだけ落胆し、神仏を恨んだか知れませぬ」

息子が腹を切った半年後、長年連れ添ってくれた妻も心労が祟《たた》って身罷《みまか》った。爾来《じらい》、臼井は魂《たましい》の抜《ぬ》け殻《がら》と化し、北町奉行所内では居るのかどうかもわからぬ

「幽霊」のようになったが、三年前の女形殺しを調べたことで、むかしの同心魂がわずかに甦ってきたのだという。

「やはり、女形殺しの経緯を伺わねばなりませぬな」

又兵衛の粘り腰に、臼井は根負けしたようだった。

「柳瀬川松之丞は、深夜、大入り祈願のために三光稲荷へおもむいたそうです」

そこで、運悪く辻斬りに遭遇したとされた。

「されど、当時は別の疑いもありました。顔見知りに呼びつけられ、命を縮めたのではないかと」

三年前、市村座は不入りつづきで、役者たちはみなで夜逃げをしようと相談までしていた。

「そこへ、救い主の天神屋丑助があらわれた。松之丞が斬られたのは、丑助がやってきた直後のことでした。松之丞はごく親しい者たちに、丑助を何処かでみたことがあると言っていたそうです」

松之丞は役者のなかでも古株で、十三年前も市村座で女形を演じていた。一方では芳町の蔭間として、夜になれば衆道《しゅどう》の客を取っていたらしい。松之丞と親しくしていた者に聞いたはなしによれば、櫓銭が盗まれた前日の晩、松之丞のもとへ妙な客がやってきたのだという。

「その客は前祝いだと言って酒を浴びるほど呑《の》んだあと、明日は天地がひっくり返るようなことが勃《お》こると、松之丞に告げたそうです。翌日、客の申したとおりのことが勃こった」

それから十年経って、松之丞が相手をした客とそっくりな人相の男が芝居町にあらわれた。

「天神屋丑助か」

「はい。親しい連中は、松之丞からそう聞いていたそうです。そのときは他人のそら似だろうと笑って済ませたが、数日後の晩、松之丞は帰らぬ人となった」

親しい連中は身の危険を感じ、口を噤《つぐ》んだらしかった。

「丑助が松之丞を殺めたのか」

「いいえ。丑助は殺しのあった晩、市村座の座元たちと深川の茶屋で宴会をやっておりました。少なくとも、みずから手を下すことはできなかった」

臼井は必死に食いさがったが、上役から探索の継続を許してもらえなかった。

「おそらく、丑助から裏金が渡ったのでしょう。女形殺しは辻斬りの仕業とされ、丑助は市村座の救い主として崇《あが》められるようになった。されど、こたびの帳元殺しで、三年前の凶事が蒸し返された」

女形殺しや帳元殺しと、その背景にあるものは何なのか。

丑助への疑念はいっそう深まったが、臼井以外に調べようとする者はひとりもいないのだという。

「今や、丑助は江戸の名士、下手《へた》に突っつけば大怪我をする。それゆえ、上の連中も調べようとはさせぬのです。よほどの証拠でも摑まぬかぎり、丑助をあげるのは難しいでしょう。平手さまにおはなしできるのは、ここまでにござります」

臼井は盃《さかずき》を空け、床几をじっとみつめた。

「何としてでも、伜の無念を晴らしたい。その一念だけで、辛《かろ》うじて生きながらえてまいりました。されど、気づけばいつの間にか、橋の欄干をまたごうとしていた。そうしたことも、一度ならずござりました。お恥ずかしいはなしです」

「何を仰る」

「少し、喋りすぎましたな」

「いいや、よくぞおはなしくだされた」

又兵衛は深く感じ入りつつ、空の盃に銚釐をかたむける。

臼井は盃を一気に干し、眸子を細めた。

「ご無礼ながら、こうしておると、誠一郎のことをおもいだします。酒をおぼえるまえに養子に出してしまったので。ふふ、伜は気の優しい子でした。こちらから誘えば、喜んで足をはこんでくれたにちがいない。されど、それがしにできるはずがありませぬ。何せ、伜とは申せ、御旗本でござりますからな」

臼井のほうが遠慮して、誘いそびれたらしかった。

「無念と申せば、そのことかもしれませぬ。一度でよい、誠一郎と酒を酌みかわしてみたかった」

目の端に光るものをみつけ、又兵衛はぐっとことばに詰まる。

手助けできることがあれば、いくらでも役に立ちたいとおもった。

五

三日後、團十郎が北町奉行所から戻され、顔見世興行は再開の運びとなった。早々の再開に人々は喝采《かっさい》を送り、面倒な交渉役を担《にな》った金主の天神屋丑助は大いに男をあげた。

蕎麦屋で酒を酌みかわして以来、臼井誠左衛門とは会っていない。

臼井は孤立無援になっても、息子の無念を晴らしたいという一念で難敵に立ちむかおうとしている。

ふと、最初に親父橋で出会ったとき、臼井の口ずさんだ一句をおもいだした。

「大当たり、銭は何処へ消えにけり」

十三年前、市村座の芝居が大当たりし、臼井の実子である誠一郎は勘定方として櫓銭を運ぶ役目を負った。外の者は知るはずのない移送の道筋の途上で盗人に襲われ、二千両とも言われる櫓銭を強奪されてしまったのだ。

盗まれた銭は、何処へ消えたのか。

そのこたえが、鶴屋南北に教えてもらった一句にあるような気がしてならない。

「菅公と油うるしに聞けぞかし」

それは斬殺された帳元の武平が神棚に遺《のこ》したとおぼしき文《ふみ》に綴《つづ》られていた。

頭の「菅公」こと菅原道真公《すがわらのみちざね》は、おそらく「天神屋」のことをしめしているのであろう。

ならば、つぎの「油うるし」とは何なのか。

武平の死と関わっているのかもしれず、南北から文を預かった臼井に聞いてみたい気もする。ともあれ、じっとしているのが苦しくなり、夕刻、又兵衛は京橋のほうへ足を向けた。

　おもいきって天神屋丑助を訪ね、殺された武平との関わりなどを聞きながら、揺さぶりを掛けてみようと考えたのだ。下手に首を突っこめば、臼井の邪魔になるかもしれぬとの危惧《きぐ》もあったが、どうにかして助けたい気持ちのほうが勝《まさ》った。

　天神屋は京橋の南詰め、通り一本裏の蛤新道《はまぐりじんみち》にある。立派なうだつを設《しつら》えた大屋根の軒には、油見世の印でもある紅色《べにいろ》の吹き流しがはためいていた。

　躊躇《ためら》いながらも広い敷居を踏みこえ、賢そうな手代《てだい》に案内を請う。店のなかは鬢付け油の匂いが立ちこめており、咳《せ》きこみそうになった。

　運よく主人の丑助はおり、上がり端に座っていると、奥からひょっこり顔を出す。

　小茶屋の女将も言っていたとおり、なかなかの色男だ。貫禄《かんろく》もある。齢は四十前後か、黒髪を鬢付け油で艶めかせているせいか、若々しくみえた。

「町奉行所の与力さまと伺いましたが」

「さよう、平手又兵衛だ」

「團十郎のことなら、荒木田主馬さまとはなしがついているはずですが」

「いくらではなしをつけた」

「ふっ、ご冗談を」

さらりと笑って受けながされる。海千山千とは、丑助のような商人のことを言うのだろう。

「無理に否定いたすな。團十郎のことはよいのだ」

「別件と仰せでござりますか」

丑助は低く発し、切れ長の眸子に警戒の色を浮かべる。

又兵衛は少し苛《いら》つきながらも、まっすぐに睨みつけた。

「この店は茶も出ぬのか」

芝居がかった物言いに、丑助のほうも慌《あわ》ててみせる。

「これは相すみませぬ。おい」

命じられた手代は奥へ引っこみ、さっそく茶を淹《い》れてきた。

又兵衛は茶碗を両手で抱え、ずずっとひと口啜る。

なかなかに、美味い茶だ。

「殺された武平は、おぬしが半年前に連れてきたと聞いた。何故、帳元の座に据《す》えたのか」

「それは、武平に帳元の才があったからにございます」

「武平とは、何処で知りあった」

「上方にございますが、何故、さようなことを。あの、旦那は荒木田さまとはどういうお関わりで」

「関わりはない」

「えっ」

目を丸くする丑助に、又兵衛は堂々と身分を告げてやる。

「わしは南町奉行所の例繰方ゆえ、北町奉行所の吟味方とは疎遠《そえん》でな」

「南町の例繰方」

丑助は納得がいかないのか、折れそうなほど首をかしげた。

「いったい、手前に何をお尋ねになりたいのでしょうか」

「さきほどから聞いておる。武平との関わりだ」

「それゆえ、何のために。すでに、武平殺しは手仕舞《てじま》いになったはず。荒木田さまのほうからも、これ以上の調べはないとのお達しを頂戴《ちょうだい》しました。今さら、南町の旦那にお尋ねいただいても、おこたえするようなことはございませぬが」

「北町の縄張りゆえ、口出しするなと言いたいわけだな。おぬし、不浄役人か」

「いいえ、ただの商人にござります」

「わかっておる。商人ならば、問いにこたえよ」

「できませぬ。だいいち、荒木田さまに怒られます」

「ふっ、いい度胸だ。まるで、世を騒がす大泥棒のようだな」

丑助は眉をひそめた。又兵衛は一瞬の変化も見逃さない。

「まあ、よかろう。理由を教えてやる。じつは、偶《たま》さか別件で三年前の裁許帳を捲《めく》っておったら、芝居町の女形殺しに目が留まってな。殺められた柳瀬川松之丞と親しい者のことばが添え書きされておった」

「添え書きですか」

「ああ、そうだ。松之丞はどうやら、市村座の金主となった天神屋丑助の面相を見知っておったらしい。それがために口封じされ、命を縮めたのやもしれぬとな。どうにも、その添え書きが気になって仕方ない。それゆえ、足労したというわけだ」

「なるほど、三年前の女形殺しでござりますか。たしかに、おぼえております。手前も疑われましたからな」

「ふうん、そうだったのか」

「ええ。されど、松之丞が殺められた晩、手前は座元たちと深川で宴席《えんせき》を催《もよお》しておりました。お招きしたお方からも町奉行所のほうへお口添えしていただき、手前は無罪放免と相成りました。たしか、松之丞殺しは辻斬りによるものという決着になったと伺っておりますが」

「そうだ。すると、おぬしも一度は疑いを掛けられたわけだな」

「ええ、まあ」

又兵衛は、ぐっと顔を近づけた。

「口添えをした客とは、いったい誰のことだ」

「ご迷惑をお掛けしたくないので、申しあげられませぬ」

丑助はきっぱりと言い、殺気走った眸子を向けてくる。

「このあたりで、よろしゅうござりますか」

「帰れと申すのか。ずいぶんな扱いだな」

又兵衛は文句を垂れながらも、尻を持ちあげた。

丑助は床に両手をつき、顔をあげようともしない。

とどめを刺すつもりで、又兵衛は耳許《みみもと》に顔を近づけた。

「女形と帳元は、いずれも同じ手口で始末されておった。ふふ、まことは、おぬしが誰かにやらせたのであろう」

丑助は頭を下げたまま、金縛《かなしば》りにあったように動かない。

「ちっ」

又兵衛は無頼を気取って、わざと舌打ちを鳴らす。

丑助に背を向けると、足早に店をあとにした。

六

京橋の北詰めに取って返せば八丁堀は目と鼻のさきだが、又兵衛は橋を渡らずに銀座から尾張町のほうへ向かった。

弓町《ゆみちょう》に立ち寄って刀剣類を眺めたり、ぶらぶら道草をしながら歩《ほ》を進め、いつも出仕《しゅっし》の際に通っている数寄屋橋御門前から繋がる大路に出る。さらに、大路を左手に折れ、三十間堀《さんじっけんぼり》に架かる三原橋《みはらばし》を渡った。

そのまま進めば築地川《つきじがわ》に架かる万年橋《まんねんばし》にいたり、築地の御門跡《ごもんぜき》へたどりつくが、万年橋まで行かずに途中の采女ヶ原《うねめがはら》で立ち止まる。

天神屋をあとにしたときから、誰かに尾《つ》けられているような気がしていた。

「ふふ、従《つ》いてくるがいい」

尾行しやすいようにわざと道草をしながら、人気《ひとけ》の無い釆女ヶ原へ誘ってやれば、相手がすがたをあらわすのではないかと期待した。

日没まではまだ間があるはずだが、周囲は薄暗く沈んでいる。

空を見上げれば、雨雲が低く垂れこめていた。

あと五日ほどで冬至《とうじ》、寒《かん》の入《い》りも近いので、裾《すそ》を捲《まく》る横風は身を切るほどの冷たさである。

「温石《おんじゃく》でも携えてくればよかったな」

最初から釆女ヶ原へ来ようなどとはおもっていない。丑助の食いつきが予想以上によかったので、討手《うって》を差しむけるように仕組んだ。もちろん、刺客の力量を見定めたうえでなければ、仕掛けが功《こう》を奏《そう》したと、ほくそ笑むわけにはいかなかった。

それに、余計なことをしたのかもしれぬという一抹《いちまつ》の後悔もある。

臼井の探索を妨《さまた》げるようなことだけは、何としてでも避けねばなるまい。

釆女ヶ原を背にして立っていると、三原橋のほうから人影がひとつ近づいてきた。

瘦《や》せてひょろ長い浪人者で、三尺近い刀を天神差《てんじんざ》しにしている。

長い前髪で額《ひたい》を隠しているせいか、面相ははっきりしない。

三白眼《さんぱくがん》に睨みつける眸子だけが、異様な光を放っている。

こいつは正真正銘の人斬りだなと、又兵衛は察した。

浪人者は迷いもみせず、十間の間合いに踏みこんでくる。

「誘ったつもりか」

口をあまり動かさず、罅割《ひびわ》れた声を発した。

又兵衛は身構え、ゆっくりうなずいてやる。

「おぬし、天神屋に雇われた野良犬だな」

「まあ、野良犬にしかみえぬだろうな」

「名は」

「死にゆく者にこたえても詮無《せんな》いこと」

「ふん、たいした自信だな。不浄役人を斬れば、獄門《ごくもん》は免《まぬが》れぬぞ」

「くく、それは捕まればのはなしであろう」

ふくみ笑いをする顔には、あきらかに死に神が宿《やど》っている。

「どうあっても、わしを斬るのか」

「それが仕事ゆえな。わざわざ人気の無い場所を選んでくれて、感謝するしかあるまいよ」

浪人は無造作《むぞうさ》に間合いを詰め、すっと身を沈めた。

前屈《まえかが》みになり、右手甲《みぎてこう》を刀の柄《つか》に軽く添える。

「その構え、居合か」

「死人は黙るがよい」

「死んだと決めつけるのは、まだ早いぞ」

又兵衛はゆっくり刀を抜き、片手持ちで肩に担いだ。

抜けば玉散る氷の刃《やいば》とはいかない。

平地《ひらじ》に光はなかった。刃引刀《はびきとう》なのだ。

浪人に平地をみせぬよう、左肩を前面に出して斜めに構え、左掌《ひだりてのひら》を開いて相手の顔に向ける。

「刃先をみせぬ摩利支天《まりしてん》の構えか、おもしろい」

浪人は爪先で躙《にじ》りより、じっくり間合いをはかった。

又兵衛は構えを変えず、気を殺《そ》ぐように喋りかける。

「鞘《さや》の内で斬るのが居合、抜き際の一刀で決めねば、おぬしの負けだぞ」

「うるさい」

「ふふ、怒りで右手が震えておるぞ。その手掛けでは、わしは斬れぬな」

「黙れと言うのが、わからぬのか」

気が漏れた瞬間を狙い、又兵衛はふいに仕掛けた。

「やっ」

鋭い気合いを発するや、つられた相手は刃を外に捻《ひね》る。

——ひゅん。

抜いた。

胸乳上真一文字、雁金を狙った水平斬《すいへいぎ》りだ。

「もらった」

抜き際の一刀で決めるつもりだったのであろう。

又兵衛は咄嗟《とっさ》に躱《かわ》し、一瞬遅れて左小手を打つ。

——ばすっ。

真剣ならば、相手の小手は落ちていた。

刃引刀でも、骨を砕《くだ》くことはできる。

「ぬぐっ」

浪人は痛みに耐えかね、左手首を抱えて蹲《うずくま》った。

つぎの瞬間、二の太刀《たち》を避け、さっと後方へ跳びはねる。

「案ずるな」

又兵衛は刃引刀で空を斬り、見事な手並みで鞘に納めた。

「嘗《な》めてかかったな。ひとつ教えてくれ。いつから天神屋に雇われておる。ひょっとして、三年前からか」

問いかけても、浪人は応じない。

否定しないところから推すと、三年前から雇われているのだろう。

「三年前の女形殺しも、こたびの帳元殺しも、おぬしの仕業らしいな」

「くっ」

「天神屋に命じられたのか」

浪人は口惜しげに奥歯を嚙《か》みしめ、獣《けもの》の眸子で睨みつける。

飛びかかってきそうな気配を察し、又兵衛は身構えた。

「やめておけ。片手斬りで、わしは斬れぬぞ。それより、雇い主に伝えておけ。わしの狙いは銭だとな。ふふ、同じ悪党だとおもえば、少しは安心できよう」

すっと、殺気が消えた。

浪人は後退《あとずさ》り、踵《きびす》を返すや、たちまち遠ざかっていく。

いまだ、悪事の全貌があきらかになったわけではない。

天神屋丑助がどう出るか、しばらく待ってみようと、又兵衛はおもった。

七

五日経っても天神屋丑助に動きはなく、不気味な沈黙を守っている。

今宵《こよい》は冬至、又兵衛のすがたは長元坊の療治所《りようじしよ》にあった。

ふたりで葱鮪鍋《ねぎまなべ》を突っつきながら、安酒を啖《くら》っている。

「十日ぶりに湯屋へ行ったぜ。やっぱり、風呂はいいな。湯船にゃ隙間なく、柚《ゆ》子《ず》が浮かんでいやがった」

大鉢《おおばち》には甘く煮た南瓜《かぼちゃ》も盛りつけてあった。

ほくほくの南瓜を口に入れると、自然と笑みがこぼれてくる。

長元坊の煮物は、一膳飯屋の売り物よりも遥《はる》かに美味い。

「おめえの嫁さんは静香だ。勘違いすんなよ」

「心配するな。おぬしとちがって、衆道の気《け》はない」

「おいおい、おれにもその気《け》はないぜ。でもな、芳町に行けば、くらっとさせられる蔭間がたまにいる。さすが、三座《さんざ》の舞台に立つ女形だけあって、とんでもねえ色気をみせつけるのさ」

「本題にはいろう」

又兵衛が水を向けると、長元坊は空の盃を差しだす。

「調べたぜ。ほれ、酌《しやく》をしろってえの」

盃に満たされた酒を、海坊主は一気に呷《あお》った。

「ぷはあ。まずは、何から喋るかな」

「殺された武平は、どうして團十郎と揉めていたのか」

「帳元のくせに、武平が役者の給金をちょろまかしていたからさ。團十郎は座頭として、そいつがどうしても許せなかった」

武平はどうやら、博打《ばくち》にのめり込んでいたらしかった。

「近頃は負けが込んで、強面《こわもて》の連中が小屋へ押しかけてきたこともあったらしい。根っから、だらしねえやつなのさ」

そんな男を、どうして丑助は市村座の帳元に据えたのだろうか。

「武平に泣きつかれ、丑助は断れなかったと、おれはみている。表沙汰にできねえ秘密を握られていたのさ。へへ、そいつが何かは、おおかたの見当はつくけどな」

「言ってみろ」

「盗人の腐れ縁だ」

と、長元坊は言いきる。

「十三年前に市村座の櫓銭を強奪した仲間だったとしたら、ちゃんと筋は通るぜ。命懸《いのちが》けで大仕事をやってのけた仲間だけに、冷たくあしらうわけにいかなかった。臼井っていう同心も、丑助を疑ってんだろう」

「ああ、そうだな」

面倒をみてやったものの、武平は帳元の器《うつわ》ではなかった。好き放題にさせていたら危ういと判断し、丑助は用心棒に命じて武平を始末させたのかもしれない。

「だとすりゃ、根の深《ふけ》えはなしだ」

長元坊は手酌《てじゃく》で酒を注ぎ、かぽっと盃を空ける。

「三年前に女形の柳瀬川松之丞が斬られた晩、丑助たちと深川の茶屋で遊んでいた客もわかったぜ」

「教えてくれ」

「粕壁内膳《かすかべないぜん》。当時は、勘定所の組頭《くみがしら》だった」

「櫓銭を受けとる側の役人ということか」

「調べてみると、曰《いわ》く付《つ》きの野郎でな」

若い時分に一度、公金横領の疑いを掛けられたことがあった。

「何とそれが、十三年前のはなしさ」

内々に同役の訴えがあった。訴えたのは臼井の実子、寺尾誠一郎だったという。

「まことか、それは」

「ああ。隠居した元勘定方に酒を呑まして聞きだしたのさ。惚《ぼ》け爺だってのに、むかしのことはよくおぼえていた。おかげで十三年前に何があったのか、頭んなかで大筋を描くことはできたぜ」

当時、粕壁内膳は大名家の中間《ちゅうげん》部屋に入《い》り浸《びた》り、丁半《ちょうはん》博打にのめり込んでいた。博打の損失を埋めるべく、公金に手をつけてしまったが、上役にも責がおよびかねない事態となり、とどのつまりは証拠不十分で不問に付《ふ》されたという。

奇《く》しくも、櫓銭の強奪があったのは、公金横領の調べが決着した直後だった。

櫓銭はそれまでも何度か強奪されており、刻限や移送の道筋が外部に漏れぬよう、芝居町の者はいっさい関与できぬようになっていた。

「隠居爺は移送の道筋も教えてくれた。聞いてびっくり、そいつは盗人どもの意表を衝くものさ。何せ、陸路は使わねえ」

親父橋のたもとから舟を仕立て、一石橋《いちこくばし》のさきにある勘定所まで一気に運ぶ。まんがいち道筋がわかっても、日取りと刻限を正確に知らされておらぬかぎり、櫓銭を奪うことはまず無理だろう。

「その晩、盗人どもは一石橋を背にして、何艘《なんそう》もの舟をずらりと横に並べていたそうだぜ」

長元坊は、どうだと言わんばかりに胸を張る。

「てえした連中さ。真夜中の日本橋川に、舟橋を築いたんだからな」

櫓銭を運ぶ舟は、行く手をふさがれた。そこへ、背後から盗人どもの乗る舟が迫り、網《あみ》が投じられたのだという。小者たちは川に飛びこんで逃げ、勘定方の若手二名は必死に抵抗したものの、盗人どもに大怪我をさせられた。

「はっきりとはしねえが、大人数じゃなかったらしいぜ」

いずれにしろ、勘定所でも一部の者しか知らぬはずの日時と移送の道筋を、盗人どもは正確に知っていたことになる。

「裏で通じていた役人がいたのさ」

「まさか、そいつが……」

「粕壁内膳だったんじゃねえかってな、隠居爺は疑っていたぜ」

分け前欲しさに手を貸したのだとしたら、よほど金に困っていたというしかない。

「おおかた、中間部屋あたりで知りあったんだろうよ。丑助は粕壁が勘定方の役人だと知り、こいつは使えると踏んだ」

信じがたいはなしだ。いくら金に困っているからといって、歴《れっき》とした幕府の役人が盗人の手助けをする気になるだろうか。

「ひょっとしたら、金のためだけじゃなかったのかもな」

櫓銭を運ぶ若手のひとりが、自分の横領を上役に訴えた寺尾誠一郎だと知っていた。櫓銭が盗まれれば、誠一郎は責を負わされる。恨みを晴らすことができると、粕壁はそこまで見越したうえで、盗人と通じることにした。

なるほど、長元坊の読みどおりかもしれない。

いずれにしろ、盗人のひとりが天神屋丑助で、内通していた役人が粕壁内膳ならば、三年前の女形殺しも何かと辻褄《つじつま》が合う。

「役人が盗人を助けるために手を貸してやったのさ。ふたりはたぶん、今も繋がっているぜ」

横領の疑惑で出世街道から外れた粕壁であったが、勘定奉行の差配の下で悠々《ゆうゆう》と過ごしているようだった。

「今は油漆《うるし》奉行らしい。百俵取りだが、居心地は悪かねえはずさ」

「待て、油漆奉行と言ったな」

「ああ、言った」

又兵衛は煤《すす》けた天井を見上げ、武平が神棚に遺した句を口ずさむ。

「萱公と油うるしに聞けぞかし」

「何だそりゃ」

「萱公は丑助、油うるしは粕壁内膳だ」

まちがいない、ふたりは裏で通じている。

「それから、おめえを襲った刺客だが、天神屋の用心棒でまちがいなさそうだ。室伏九十郎《むろふしくじゅうろう》といってな、播州《ばんしゅう》は姫路《ひめじ》生まれの剣客らしいぜ」

「姫路といえば、自鏡流《じきようりゆう》の居合か」

長元坊は不敵に笑ってみせる。

「右手一本で仕返しにくるかもな。剣客ってな、そうしたものなんだろう」

もう一度対峙《たいじ》せねばならぬことを覚悟しておいたほうがよさそうだ。

長元坊のおかげで、悪事の筋書きがはっきりとみえてきた。

「臼井誠左衛門は、どこまで知ってんだろうな」

すべてわかっているような気もする。ただ、丑助の化けの皮を剝《は》ぐだけの証拠が得られていないのだろう。

「人間、切羽詰《せっぱつ》まったら何だってやるぜ」

「まさか」

丑助か、粕壁内膳か、どちらかを拐《かどわ》かし、口を割らせようとするかもしれない。

「早まったことはするなと、釘を刺しといたほうがいいんじゃねえのか」

「ああ、そうだな」

長元坊に酒を注がれ、又兵衛は盃をかたむける。

同心の組屋敷は知っているので、帰りがけに立ち寄ってみようとおもった。

八

ちらちらと、白いものが落ちてくる。

「初雪か」

翌朝、又兵衛のすがたは下谷の高岩寺《こうがんじ》にあった。

昨夜、八丁堀の一角にある同心屋敷を訪ねてみたが、臼井は大番所《おおばんしょ》の宿直《とのい》で留守にしていた。留守番の小者によれば、明日はご子息の月命日なので、菩提寺《ぼだいじ》へ行けば会えると聞き、わざわざ寛永寺《かんえいじ》の屛風坂門《びょうぶざかもん》までやってきたのだ。

門前からみると、通りを隔てた正面に山門《さんもん》がある。

高岩寺は「とげ抜き地蔵」で知られる曹洞宗の名刹《めいさつ》、広い境内を通り抜け、本堂の裏手へまわれば、墓石が整然と並んでいた。

この時季、手向《たむ》けの花になるのは、山茶花《さざんか》か柊《ひいらぎ》くらいしかない。

又兵衛は早咲きの寒椿《かんつばき》を庭から数本摘《つ》んできた。

椿は花ごと落下する様子が首が落ちるのに似ていると、武家では忌《い》み嫌われる花ではあるが、鮮烈《せんれつ》な赤があまりに美しかったので、これならば故人も楽しんでくれるにちがいないとおもった。

水桶《みずおけ》を借りるついでに寺男から墓の所在を聞き、槐《えんじゅ》の古木を目当てに卒塔婆《そとば》の林を抜けていく。

雪は激しく降りだし、墓所をまだらに彩《いろど》りはじめていた。

凍《こご》えた手で持つ寒椿も、白と赤のまだら模様になっている。

槐のそばに建つ墓石のまえには、人影がふたつあった。

武家の老夫婦だ。屈んで熱心に手を合わせている。

そっと近づいてみると、墓石には「寺尾誠一郎」とあった。

熱心に祈りを捧《ささ》げるふたりは、誠一郎の養父母なのだろう。

養父母は祈りを終え、立ちあがって振りかえる。

おやという顔をしながらも、丁寧《ていねい》にお辞儀をした。

又兵衛も頭を垂れる。

「臼井誠左衛門どの知りあいで、平手又兵衛と申します」

養父がこちらの手許《てもと》に目をくれた。

「寒椿にござるか」

「申し訳ござりませぬ」

「何も謝ることはない。たしかに十三年前、誠一郎は腹を切り、介錯人《かいしやくにん》に首を落とされた。鮮烈な赤は血を連想させる。されど、寒椿に罪はない。むしろ、誠一郎の記憶をいつまでも鮮やかに留《とど》めておくのに、相応《ふさわ》しい花かもしれぬ。のう、おまえもそうおもわぬか」

「まこと、仰せのとおりにございます」

養母の悲しげな微笑みが、又兵衛の胸を締めつける。

墓石には山茶花のほかに、薄紅色《うすべにいろ》の侘助《わびすけ》が一輪手向けてあった。

「侘助は臼井どのでござろう。いつも、わしらよりもさきにみえ、季節の花を手向けておいてくださる。臼井どのの無念をおもうと、胸が張り裂けんばかりになる。わしらには長いあいだ子ができませんでな、誠一郎は三顧《さんこ》の礼をもってわが家に迎えた子でござった。十年しか親でいられなかったが、あの子のおかげで、どれだけ楽しい日々を過ごさせてもらったか……」

誠一郎が切腹したのち、代々勘定吟味役に任じられてきた寺尾家は改易《かいえき》の憂《う》き目《め》をみた。養父は幕府との縁が切れ、旗本屋敷から町人長屋へ引っ越しを余儀なくされた。それも運命と受けとめ、長屋で寺子屋《てらこや》の師匠をやりながら、墓だけは守っているという。

何ひとつ後悔はないと語る養父母の表情に嘘《うそ》はなかった。

おそらく、勘定所に誠一郎を嵌《は》めた同役があったことなど、知らずに過ごしてきたのだろう。

もちろん、告げる必要はない。

まだらに雪の降るなかを、ふたりはゆっくり遠ざかっていった。

寄り添う影を見送り、又兵衛は襟を寄せて歩きだす。

八丁堀へ戻る頃には雪も熄《や》み、厚雲の狭間《はざま》に青空をのぞむこともできた。

冠木門《かぶきもん》を潜《くぐ》ろうとすると、物陰から疳高《かんだか》い声を掛けてくる者がいる。

「おい」

佇《たたず》んでいたのは、達磨《だるま》のごとき風貌の持ち主だ。

何と、北町奉行所の荒木田主馬にほかならない。

身内から「百足」と呼ばれる吟味方筆頭与力とは、今から三月《みつき》前に対峙していた。長元坊に老婆殺しの濡《ぬ》れ衣《ぎぬ》を着せようとしたからだ。そうでもなければ、向きあうはずのない相手であった。

悪徳商人が賄賂《まいない》を贈った役人として帳面に名が載っていると嘘を吐《つ》き、機転を利かせてどうにか難を逃れたものの、荒木田がそれを根に持っていることは想像に難《かた》くない。

又兵衛は柄《がら》にもなく「悪は悪と断じきる冷徹さこそが、吟味方に求められる資質ではないか」と説《と》き、おまけに「あなたは資質を欠いている」とまで言ってのけたのだ。鼻っ柱を折られた荒木田の口惜しげな顔は、忘れたくても忘れられない。

「おい、こっちに来い」

人を見下したことしかない男が、手招きしてみせる。

仕方なく、又兵衛は近づいていった。

用件は察している。天神屋丑助が泣きを入れたのだろう。

「おぬし、天神屋に何をした」

案の定、荒木田は喧嘩腰で問うてくる。

又兵衛は平然と応じた。

「別に、何もしておりませぬが」

「嘘を吐くな。帳元殺しに託《かこつ》けて、強請《ゆすり》を掛けたのであろう。何故、例繰方風情《ふぜい》がさように危うい橋を渡ろうとする。いつぞやもそうであった。吹けば飛ぶような鍼医者《はりいしゃ》を救うために、おぬしはわしの顔に唾《つば》を吐いた。面と向かって、与力の資質を欠いていると言われたときは、斬り捨ててやろうかとおもうたぞ」

「おのぞみなら、いつでもどうぞ」

「ふん、あいかわらず食えぬ男よ」

荒木田が袖《そで》の下《した》を貰っているのはわかっている。わざわざ人目を忍んでやってきたのは、はなしを大袈裟《おおげさ》にさせないためだ。

そうはいっても、荒木田は北町奉行所の捕り方を牛耳《ぎゅうじ》る吟味方筆頭与力である。

一縷《いちる》の望みを託す好機かもしれぬと、又兵衛は詮無いことを考えてしまった。

「荒木田さま、十三年前に市村座の櫓銭が強奪された一件、おぼえておられますか」

「ちっ、藪《やぶ》から棒に何を申すかとおもえば、またそのはなしか」

「またと仰いましたな」

「臼井誠左衛門とかいう橋廻りの老《お》い耄《ぼ》れも、十三年前の一件を持ちこんできおった。櫓銭を盗んだのは天神屋であったなどと、戯言《ざれごと》を抜かしおってな」

「戯言ではござりませぬ。名までは申しあげられませぬが、当時、勘定方をつとめていた役人が丑助と裏で通じ、櫓銭が移送される川筋の経路と移送の日時をこっそり教えていたのです」

「それがきっちり証明できるのかと、老い耄れにも言うてやったのだ。天神屋が盗人であったとしても、確たる証拠をしめさぬかぎり、聞く耳を持とうとする者などひとりもおらぬとな」

「お調べにもならぬと」

「余計なお世話だ」

百足与力は、激昂《げっこう》して唾を飛ばす。

「何故、おぬしは、いちいち首を突っこんでくるのだ。銭が狙いではないのか」

「銭が欲しいと言ったのは、敵を欺《あざむ》く方便にございます」

「されば、何がしたい。もしや、またあれか。伝家の宝刀のごとく、真実を追求せよとでも申す気か」

「いかにも」

真剣な顔を向けると、荒木田は目を逸《そ》らす。

「ふん、笑止《しょうし》な。余計なことをいたせば容赦《ようしゃ》せぬ。おぬしの上役に掛けあって、橋廻りの老い耄れと同様、閉門《へいもん》にでもしてやらねばなるまい」

「お待ちを。臼井どのに閉門をお命じになったのですか」

「おぬしには関わりのないことだ。あやつはお上にとって一得にもならぬ穀潰《ごくつぶ》しゆえ、閉門程度で済んだことを感謝せねばなるまい」

上役から通達される罰は軽いものから、遠慮、逼塞《ひっそく》、閉門、蟄居《ちっきょ》、永蟄居《えいちっきょ》と、厳格に区別されている。閉門は減封《げんぽう》こそ免除されるとはいえ、昼夜ともに外出を禁じられる。けっして、軽い罰ではなかった。

　又兵衛は怒りを抑《おさ》えきれない。

「荒木田さまはご存じなのですか。十三年前に責を負って腹を切ったのは、臼井どののご子息なのですぞ」

「なるほど、それでか。あやつが天神屋にこだわる理由がわかったぞ」

「丑助が櫓銭を強奪した盗人だと証明できたら、荒木田さまはどうなさるおつもりですか。町奉行所は十三年も、盗人を野放しにしつづけてきた。われわれ不浄役人こそが罪に問われるべきでござりましょう」

「十三年前の出来事など、もはや、誰もおぼえておらぬわ」

　もしかして、荒木田は勘定所のほうからも圧力を掛けられたのだろうか。

「余計な穿鑿《せんさく》をいたすな。ともかく、北町の領分を荒らすでない。内勤は内勤らしく、おとなしくしておれ。まかりまちがっても、橋廻りの老い耄れを救おうなどとおもうなよ」

　荒木田は捨て台詞を残し、すたすたと去っていく。

　もちろん、納得できようはずもなかった。

九

又兵衛は地蔵橋《じぞうばし》を渡り、提灯掛横町《ちようちんかけよこちよう》までやってきた。

北町奉行所の同心屋敷に足を踏み入れ、臼井のもとへ向かう。

木戸門には二本の竹が×《ばつ》になるように括《くく》られてあった。

閉門とは、こういうことなのだ。

けっして、軽い罰ではない。

隣近所の連中は、今日から誰ひとり口をきかなくなるだろう。

兇悪《きようあく》な盗人を捕まえたいと言っただけなのに、どうしてこのような仕打ちを受けねばならぬのか。

「理不尽《りふじん》ではないか」

と、又兵衛は吐きすてる。

六尺棒《ろくしやくぼう》を握った番人が、困ったような顔を向けてきた。

又兵衛はかまわず、屈んで×印の隙間からはいろうとする。

「何をなされる。お止めください」

「うるさい。邪魔立てするな」

無理に通ろうとすると、番人は騒ぎたてた。

「くせもの、そこを通れば罪に問われようぞ」

表の騒ぎを聞きつけたのか、玄関から人が飛びだしてくる。

臼井だ。

白髪が増えたように感じられた。

臼井は雪駄《せった》をつっかけ、小走りに近づいてくる。

番人は焦った。

「お待ちを。家から出てはなりませぬ」

「門から出ねばよかろう。それが閉門だ」

臼井は悠然《ゆうぜん》と発し、木戸門を挟んで又兵衛と向きあった。

番人は抗う気力を失い、木偶人形《でくにんぎよう》のように佇むしかない。

申し訳ないが、ここは見過ごしてもらおう。

臼井はあくまでも、落ち着き払っている。

「平手さま、どうなされましたか」

「どうしたもこうしたも……高岩寺から戻ってきたら、このありさまだ」

「誠一郎の墓に詣《もう》でていただいたのですか。かたじけのうござります。それがしも戻ってまいったら、このような仕儀に」

「寺尾さまのご夫婦にお目にかかった。十三年前、勘定所に裏切り者がおったことをご存じないご様子だった」

「知らずともよいことにござりましょう」

又兵衛は、ふっと溜息を吐く。

「やはり、臼井どのはご存じであったか」

「知りすぎたがゆえに、こうなりました。ただし、きちんとした証拠をみせれば、荒木田さまにわかっていただけると信じております」

「荒木田さまは信用ならぬ。丑助から袖の下を貰っておるゆえな」

「袖の下なぞ、不浄役人にとっては挨拶《あいさつ》と同じ。荒木田さまとて、十手持ちの矜持は失っておられますまい」

「されど、この情況で、どうやって丑助の罪を証明なさるおつもりか。何か、お考えでも」

「ひとつ、考えていたことがござります。されど、平手さまを巻きこむわけには……」

「待ってくれ。それがしはもう、巻きこまれておる。後には引けぬゆえ、こうして伺ったのだ。お考えがおありなら、是非とも伺いたい」

「かしこまりました」

臼井は身を寄せ、番人に聞こえぬように声を落とす。

「天神屋は一見すると儲《もう》かっておるようですが、蓋《ふた》を開ければ勝手は火の車にございます」

「ほう、そうなのか」

「室町の両替商に大きな借金があるようで。暮れまでに利息だけでも返さぬと、店が潰れるかもしれぬと聞きました」

丑助は三年前、興行で一発当てようと、芝居町へ舞いもどってきた。ところが、十三年前に一度だけ蔭間茶屋で遊んだことのあった柳瀬川松之丞が、面相をはっきりとおぼえていた。丑助は足がつくのを恐れ、室伏九十郎を雇い入れ、松之丞を斬らせたにちがいなかった。

そこまでの筋読みは、又兵衛と同じだ。

「三年前は芝居が当たり、商売のほうも好転しはじめた。ところが、興行は水物ゆえ、大入りがつづくとはかぎりませぬ」

丑助は意地で金主をつづけてきたが、実態は金策に困っていたのかもしれないと、臼井は言う。

「しかも、半年前、武平という盗人仲間がひょっこり訪ねてきた。むかしの誼《よしみ》で帳元にしてやったものの、武平は小悪党気質が抜けず、役者の給金をちょろまかすなどしていた。小狡《こずる》いやり口が目に余るようになり、丑助は堪忍《かんにん》できなくなったのでしょう」

丑助に雇われた室伏九十郎のことも、臼井はきっちり調べていた。

三年前の女形殺しと、先日の帳元殺しは手口が一致する。そのことも荒木田に訴えたが、取りあってもらえなかったという。

「おそらく、勘定所のほうから、文句を言われたのでしょう。そうでなければ、このような閉門の沙汰を受ける理由がみつかりませぬ」

又兵衛はうなずいた。

「粕壁内膳のことも、お調べになったのですな」

「以前から疑っておりましたが、どうしても尻尾《しっぽ》が摑めぬ。それゆえ、荒木田さまにはまだ申しあげておりませぬ」

「なるほど」

それにしても、百俵取りの粕壁内膳には、町奉行所に物を申すだけの力があるとはおもえない。

「おそらく、金でしょう。粕壁はあくどく儲けることに長《た》けている。せっせと貯めた小金の一部を、上役に融通《ゆうずう》でもしたのでしょう」

上役は勘定奉行の名を借りて、北町奉行所に文句を言ってきた。それができるだけの重臣を動かしたのだとすれば、相当な額を積んだとみるべきだろう。

「丑助は今、夜逃げするしかないところまで追いつめられております。されど、根っからの盗人ゆえ、一発逆転を狙っているにちがいない」

「まさか……」

又兵衛は、はっとした。

「……十三年前と同じことをふたたびやってのける気か」

「仰るとおり、十中八九、櫓銭を奪おうとするはず」

「ふうむ」

又兵衛は唸《うな》った。

おそらく、臼井の読みは当たっていよう。

櫓銭は運上金《うんじょうきん》と同等なので、金主の裁量ではどうにもならない。かならず、お上に納めねばならぬ税なのだ。それを奪って借金を返せば、金主の座に居座りつづけることはできる。ふたたび興行で当てれば、大金を手にするのも夢ではないと、盗人なりに算盤を弾いているはずだった。

「臼井どのの読みどおりなら、つぎに櫓銭が運ばれる日時を調べ、先回りすることができるかもしれぬ」

「じつは、道筋こそわかりませぬが、日時は調べております」

「まことか。荒木田さまにはそのことを」

「ご注進申しあげました」

されど、一笑《いっしょう》に付されたらしかった。

「ならば、われわれだけで、どうにかするしかあるまい」

「平手さま、どうにかできましょうか」

「ふむ」

又兵衛は、めまぐるしく頭を回転させた。

「丑助は当然ながら、粕壁に道筋と日時を確かめようとするはずだ。それゆえ、粕壁に偽《にせ》の道筋を吹きこんでおくことができれば、かならず、丑助はそちらへあらわれる。その場で捕縛《ほばく》できれば、粕壁と裏で通じていることも証明できよう」

「なるほど、名案にございます」

「肝心なのは、粕壁に偽の道筋を吹きこめる者がおるかどうか」

「おります」

臼井があっさり言うので、又兵衛は驚かされた。

「要は、移送の命を下す者に、耳打ちしてもらえばよいのです」

「耳打ちできる方に心当たりでもおありか」

「寺尾惣大夫さまにお願いするしかありませぬ」

櫓銭の移送を司《つかさど》る今の勘定組頭は、勘定吟味役だった寺尾が手塩に掛けて育てたかつての配下なのだという。そうはいっても、改易となって十三年が経った今、寺尾の願いを聞き届けてくれる保証はない。

「やってみなければわかりませぬ。平手さま、急いで文をしたためますゆえ、寺尾さまにお持ちいただけませぬでしょうか」

文を読めば、櫓銭強奪の真相を知ることにもなろう。老夫婦に心労を与えるかもしれぬが、やはり、背に腹はかえられない。

「寺尾さまは、筋の通った生き方を尊《とうと》ばれるお方です。きっと、おわかりいただけましょう」

「かしこまった」

又兵衛は、ぐっと顎《あご》を引いた。

臼井は袖をひるがえし、玄関の内へ消える。

何が勃《お》ころうとも、文を貰うまではここを梃子《てこ》でも動かぬ。

又兵衛は歯を食いしばり、門前に立つ番人を睨みつけた。

十

七日後、霜月二十三日。

辺りがすっかり暗くなった頃、罰せられるのを覚悟のうえで、臼井を秘《ひそ》かに外へ連れだした。

すでに、段取りは整えてある。

臼井のしたためた文を寺尾惣大夫のもとへ届け、天神屋丑助を捕まえるために助力してほしいと訴えた。寺尾は動揺の色もみせず、はなしを聞いた翌日にさっそく動いてくれた。そして、組頭に事情をはなし、助力の了解を取りつけたのだ。

油漆奉行の粕壁内膳は、組頭から櫓銭を移送する偽の道筋を吹きこまれ、そのまま丑助に伝えているはずであった。

った。

「信じて待つよりほかにありませんな」

奇しくも粕壁に吹きこませた偽の道筋は、十三年前とほぼ同じ川筋の経路であった。

舟を仕立てて空の千両箱ふたつを置き、又兵衛と臼井が勘定方に化けて乗りこむ。ほかに小者たちを五人ほど雇い、本物の運び手そっくりに体裁《ていさい》を整えた。一方、本物の櫓銭を移送する連中は刻限を四半刻《しはんとき》（約三十分）ほど後ろにずらし、陸《おか》から別の道筋を進む段取りになっている。

抜け目ない丑助のことゆえ、何処で見張っているかもわからない。相手を信用させるべく、市村座から千両箱を持ちだすところから手を抜かず、慎重に事を運ばねばならなかった。

市村座で手を貸してくれるのは、座頭の七代目市川團十郎である。

又兵衛が一対一で直に事情をはなし、助力の約束を取りつけた。

さすがに千両役者だけあって、金主の丑助が盗人なのだと告げても顔色ひとつ変えなかった。帳元の武平が殺められたこともあり、縁の切れ目が近いことを薄々感じていたのだろう。

空には蒼白《あおじろ》い半月がある。

さきほど、亥ノ刻《いのこく》（四つ）を報せる鐘《かね》が鳴った。

「二十三夜の代待《だいま》ちや、門の通りはまだ四つ」

又兵衛は空の千両箱を抱えて舟に乗りこみ、浄瑠璃《じようるり》の一節を口ずさむ。

月に願掛けをしているのは、物乞《ものご》いの坊主ばかりではあるまい。盗人もおそらく、今宵の盗みが首尾《しゆび》よくはこぶようにと祈っているはずだ。

舟は十三年前と同様、親父橋の桟橋《さんばし》に繋がっている。

小者たちにつづいて、臼井も乗りこんできた。

「そろりと行くか」

縦《たて》も横もある船頭が囁いた。

菅笠《すげがさ》をかたむければ、長元坊にほかならない。

小者のひとりが纜《ともづな》を解き、舟は音も無く滑りだす。

向かい風は冷たく、爪先まで凍ってしまいそうだ。

又兵衛は懐中から温石を取りだし、臼井に手渡した。

「かたじけない」

かぼそく漏らした声が震えている。

「ご案じめさるな、武者震《むしやぶる》いにござる」

積年の恨みを晴らすときが近づいているかとおもえば、込みあげる感情を抑えきれぬのも無理はない。

「思案橋を潜るぜ」

橋を潜って堀川を抜けるや、川幅がぐっと広がった。

長元坊は棹《さお》を巧みに操《あやつ》り、舳先《へさき》を右手に向ける。

すぐさま、江戸橋がみえてきた。

川面《かわも》は暗く、月明かりだけが頼りだ。

時折、半月は叢雲《むらくも》に隠れ、辺りは漆黒《しっこく》の闇と化す。

又兵衛は周囲に目を凝《こ》らした。

川面に怪《あや》しい艫灯《ともあか》りは浮かんでおらず、河岸《かし》にも人影らしきものは見当たらない。

無事に江戸橋を潜りぬけた。

「つぎは日本橋だぜ」

まさに、江戸の真ん真ん中を進んでいる。

日本橋川で襲撃を企《くわだ》てるとすれば、よほどの阿呆《あほう》か、肝《きも》の据わった盗人と言うよりほかにない。

されど、丑助は十三年前に襲撃を成功させていた。二匹目の泥鰌《どじよう》を狙って来るにちがいないと、又兵衛は確信している。長元坊は半信半疑のようだし、臼井も祈るような気持ちだろう。

はたして、やってくるのか。

これほど危ない橋を渡ってまで、櫓銭を奪おうとするのか。

そこまでして、金主の座に居座りつづけたいのか。

問いたいことはいろいろあるが、又兵衛は少しも心配していない。丑助の気持ちがわかるのだ。十年経って、意気揚々と芝居町に戻ってきた。困っている市村座を救い、金主となって称賛を浴びた。日陰者《ひかげもの》の盗人が、生まれてはじめて日の目をみたのである。これほどの喜びはない。櫓銭を奪ってでも金主の座に留まりたいと、丑助は念じているはずであった。

舟は日本橋を潜りぬけた。

つぎの一石橋を通過すれば、あとは御濠《おほり》しかない。

何故か、一石橋の由来が頭を過《よ》ぎった。北橋詰めの本両替町《ほんりようがえちよう》には金座《きんざ》御用の後藤庄三郎《ごとうしようざぶろう》、南橋詰めの呉服町には御用呉服商の後藤縫殿助《ぬいのすけ》、両者の苗字《みようじ》を「五斗《ごと》」と読ませ、五斗と五斗で一石ともじった駄洒落《だじやれ》なのだ。

頭が妙に冴《さ》えている。

「ふう、凍えちまうぜ。川に落ちたら、ひとたまりもねえな」

長元坊は白い息を吐きだす。

突如、叢雲が消え、月明かりが射してきた。

「あっ」

正面の暗闇に、舟橋が数珠《じゅず》つなぎに浮かんでいる。

長元坊は棹を突きたて、舟を回頭させにかかった。

すると、背後の左右から二艘の舟が近づいてくる。

「来やがった」

舳先の尖《とが》った細長い船体は、銚子沖《ちょうしおき》から魚を運ぶ押送舟《おしおくりぶね》であろう。

とにかく、舟足が速い。逃せば追いつくことは難しかろう。

だが、今宵は追う側ではない。襲われる側なのだ。

押送舟には、黒装束《くろしょうぞく》の人影が三人ずつ乗りこんでいる。

仲間を掻《か》き集めたのだろうが、どれが丑助かはわからない。

「投網《とあみ》に気をつけろ」

又兵衛が叫んだ。

待ってましたとばかりに、四隅に櫂《かい》が立てられる。
そこへ、狙ったように網が投じられた。
ところが、櫂のおかげで網は下に落ちず、吊《つ》り蚊帳《かや》のようになる。
又兵衛たちは脇の狭間から潜りぬけ、網の外へ飛びだした。
――がつっ。
押送舟の舳先が舷《ふなばた》にぶつかってくる。
衝撃で転びそうになった。
「それっ、飛び移れ」
盗人どもが乗りこんでくる。
――しゃっ。
刃物が光った。
「うひゃっ」
小者たちは川へ飛びこみ、舟橋のほうへ必死に泳ぐ。
船上に残った味方は三人、黒装束の賊は倍の六人だ。
「ぬりゃっ」
ひとりが長元坊に迫り、居合抜きで刀を抜いた。

室伏九十郎にちがいない。

――びゅん。

右手一本の片手斬りで、突きでた腹を裂きにかかる。

「うっ」

長元坊は前に屈んだ。

やられたとおもったら、むっくり起きあがってくる。

「へへ、残念だったな」

海坊主は不敵に笑い、着物の下から鎖帷子《くさりかたびら》を引き抜いた。

やにわに、相手の顔に叩きつける。

「うわっ」

怯《ひる》んだ室伏の後ろにまわりこみ、長元坊は羽交《はが》い締《じ》めにする。

かくっと、室伏が俯いた。気を失ったのだ。

「くそっ」

残りの連中が悪態を吐《つ》き、千両箱に殺到する。

又兵衛は帯の背から十手を抜き、先端でひとりの鳩尾《みぞおち》を突いた。さらに、ふたりは首筋を叩き、四人目は眉間を割って昏倒《こんとう》させる。

残るひとりは、丑助にちがいない。

対峙する臼井は、銀流しの十手を握っていた。

丑助が盗人口調で怒鳴る。

「嵌めやがったな。てめえら、不浄役人か」

「盗人め、やっとわかったか」

「てめえ、誰だ……あっ、橋廻りの老い耄れか」

「さよう、十三年間、このときを待っておったのだ。神妙にしろ」

「そうはいくか」

丑助は匕首《あいくち》を抜いた。

突いてくるとみせかけ、舟縁《ふなべり》からぱっと身を躍《おど》らせる。

——ばしゃっ。

水飛沫《みずしぶき》があがった。

だが、逃げられない。

長元坊が咄嗟に網を投じていたのだ。

すかさず、又兵衛と臼井も川へ飛びこむ。

丑助は網に絡まり、水中で藻掻《もが》いていた。

又兵衛が泳いで近づくと、匕首で突いてくる。

水中で手首を摑み、固めた拳《こぶし》で鼻面《はなづら》を撲った。

口から大量の泡を吐きだし、丑助は溺《おぼ》れかける。

後ろから迫った臼井が、丑助の首を締めあげた。

すかさず襟首を摑み、水上に浮かびあがらせる。

「ぷはあ」

「こっちに任せろ」

長元坊が刺股《さすまた》を上手に使い、丑助の身柄を船上へ引きあげた。

「へへ、でけえ魚が釣れたぜ」

又兵衛は臼井を助け、どうにか船上へ身を投げだす。

長元坊は川面に棹をさし、船首を川岸へ向けた。

行く手には、焚火《たきび》が燃えている。

逃れた小者たちが築いたのだろう。

今は何よりも、火が欲しい。

又兵衛は臼井の背中を懸命に擦《さす》りながら、歯の根も合わせられぬほどに震えていた。

十一

翌朝は快晴となった。

呉服橋御門《ごふくばしごもん》内の北町奉行所では、役人たちが出仕するところだ。

面前を見上げれば、黒い渋塗《しぶぬ》りに白漆喰《しろしっくい》の海鼠塀《なまこべい》が聳《そび》えている。

突如、みなの足が止まった。

門番も何事かと、眸子を丸くしている。

捕り物装束の役人ふたりが半裸の男を両脇から抱え、門前へ引きずるように連れてきたのである。

年嵩のほうが門番に向かい、嗄《しやが》れた声を張りあげた。

「橋廻りの臼井誠左衛門でござる。櫓銭の強奪を企てた盗人、天神屋丑助を捕まえてまいった。吟味方筆頭与力、荒木田主馬さまにお取り次ぎ願いたい」

門前は水を打ったように静まった。

役人たちは固まったまま、呆気《あつけ》にとられている。

「手下どもにも縄を打ってござる。さあ、お取り次ぎを」

かたわらから、又兵衛も声を張りあげた。

丑助は気力を失い、顔をあげることもできない。

「取り次がぬと申すなら、こちらからまいるぞ」

臼井とふたりで丑助を引きずり、脇門の敷居を踏みこえた。

門番は阻《はば》もうともせず、黙って見守ることしかできない。

行く手をみやれば、玄関の式台に向かって六尺幅の青い伊豆石《いずいし》がまっすぐに延び、青板の左右には那智黒《なちぐろ》の砂利石《じゃりいし》が敷きつめられていた。

誰かが奉行所内に駆けこみ、異様な事態を大声で告げる。

「荒木田さま、一大事にござります」

すぐさま、玄関の式台から、偉そうな面々が飛びだしてきた。

殺気を帯びた一団となり、歩調を揃《そろ》えてこちらに近づいてくる。

まんなかで眸子を吊りあげているのは、荒木田主馬にほかならない。

十間ほどの間合いまで近づき、一団は足を止めた。

丑助は恐れをなしたのか、地べたに這《は》いつくばる。

臼井は屈んで髷を鷲摑《わしづか》みにし、丑助の顔を引きあげた。

「荒木田さま、これが満天下を脅《おびや》かす盗人の顔にござります」

凜然《りんぜん》と発する橋廻り同心を、吟味方筆頭与力はじっと睨《ね》めつける。

昨日のうちに配下を介して、手筈《てはず》だけは伝えておいたはずだった。

もちろん、勝手なことをしてくれたと、叱責《しっせき》される公算は大きい。

臼井は閉門の身だし、又兵衛などは南町奉行所の内勤与力なのだ。

だが、町奉行所の内規を逸脱《いつだつ》することになっても、強硬な手段に打って出ぬかぎり、丑助の悪行を証明することはできなかった。

こっちも腹を括ってやったのだ。

わかってほしいと願いつつ、固唾《かたず》を呑んで見守っていると、荒木田は厳しい表情を変えずに言った。

「ご苦労、ようやった」

労《ねぎら》いのことばだ。

臼井は周囲を憚《はばか》らずに泣きだした。

荒木田はつづける。

「手柄に免じて、閉門は解く」

威厳をもって告げたあと、優しい口調になった。

「ほかに、言いたきことは」

問われて臼井は涙を拭《ふ》き、すっくと立ちあがる。

「油漆奉行の粕壁内膳なる者、丑助と通じているのは明白にござります。荒木田さまから御勘定所へ、使者をお送りいただきたく存じまする」

「あいわかった」

荒木田は明確に応じ、ばっと袖をひるがえす。

身分の高い連中ともども、玄関の内へ引っこんでいった。

吟味方の与力と同心があらわれ、丑助を引っ立てていく。

「……お、終わった」

張りつめていた糸が切れるかのように、臼井は青板に両膝《りょうひざ》を屈した。

惚《ほう》けた顔で、空をいつまでも見上げている。

ぽっかり浮かんだ雲のかたちが、誠一郎の顔にみえたのだろうか。

「……な、長いあいだ、待たせてすまなんだな」

出仕してきた者たちは臼井を避け、奉行所内へ吸いこまれていく。

なかには、臼井のたどってきた苦労を慮《おもんぱか》り、肩を軽く叩いていく者もあった。

信念を曲げずに持ちつづければ、どのような願いもかならずかなう。

息子の無念を晴らしたいと願った父の執念が天に通じたのだろう。

又兵衛はそっと離れ、北町奉行所に背を向けた。

門から外に出ると、長元坊が待ちかまえている。

「雑魚《ざこ》どもは役人に引き渡したぜ」

「すまぬな」

「つぎはどうする」

「ん、つぎとは何だ」

「祝言《しゅうげん》だよ、忘れたとは言わせねえぜ」

年内に祝言をあげると、静香に約束してあったのだ。

が、何をどうすればよいのか、まったくわからない。

「へへ、面倒臭《めんどうくさ》がったら、出ていかれちまうぜ」

長元坊は笑いながら、弾《はず》むような足取りで歩きだす。

「待ってくれ」

又兵衛は半泣きになり、巌《いわお》のような背中を追いかけた。

十二

粕壁内膳は詰め腹を切り、市村座の櫓銭が強奪された一件は十三年越しで落着した。

あれほど派手な捕り物をやってみせたにもかかわらず、平手又兵衛の名は噂《うわさ》にものぼっていない。

北町と南町のちがいがあるとはいえ、上役や同役の無関心ぶりは驚くほどのものだった。もっとも、それがわかっていたからこそ、丑助を荒木田の面前に差しだすようなおもいきった行動に出られたのかもしれない。

丑助を荒木田の面前へ突きだしてから、五日が経った。

霜月二十九日は三《さん》の酉《とり》、酉の祭《まち》では縁起物の熊手やおかめの面を買う人々でごった返している。

霜月に三の酉まである年は火事が多く、廓《くるわ》に異変があるという。

廓ではないが、八丁堀の一角にもちょっとした異変があった。

悪いはなしではない。

又兵衛が静香と祝言をあげたのだ。

「高砂《たかさご》や……ごほっ……た、高砂や」

月下老人《げっかろうじん》の小見川一心斎が、中庭のみえる座敷で自慢の喉を披露しようとしている。

主役ふたりの背後には金箔《きんぱく》の屛風が立てまわされ、又兵衛は裃《かみしも》に紋付袴《もんつきはかま》、静香は白無垢《しろむく》を纏《まと》っていた。屛風も衣裳もすべて、長元坊と甚太郎が損料屋《そんりようや》から借りてきたものだ。借り賃だけでもけっこうな値になるが、静香や義父母の手前、けちるわけにはいかなかった。

すでに、ふたりは三三九度《さんさんくど》を終え、夫婦の誓いを済ませていた。

静香の顔は角隠《つのかく》しに隠されており、朱《しゅ》の差された唇《くちびる》しかみえない。

その唇がいつも笑っているようにみえ、又兵衛はそれだけで幸せな気分に浸ることができた。

「なっ、やってよかったろう」

長元坊が酒を注ぎにくる。

すでに酩酊《めいてい》寸前で、足取りは危なっかしい。

お調子者の甚太郎などは、へそ踊りを披露していた。

賄いのおとよ婆も、隣で楽しそうに手拍子《てびようし》をしている。

やんやの喝采を浴びせる連中のなかには、同役の中村角馬や同心たちの顔もある。

定町廻りの桑山大悟も、手ぶらですみませんと言いながら駆けつけた。

義父の主税は正気らしく、つれあいの亀とともに緊張で顔を強《こわ》ばらせている。
ずらりと並んだ膳《ぜん》のまえに座る者たちのなかには、静香を賄いとして雇ってい
た『瓢箪亭』の主人や、以前住んでいた「裾継《すそつぎ》」の棟割《むねわり》長屋で世話になった連中
などもいるようだった。
挨拶されたところで、誰だかわからない。
わかるのは、毎朝顔を拝《おが》んでいる『鶴之湯』の庄介くらいのものだ。恵比須顔《えびすがお》
の庄介は立派な甘鯛《あまだい》をぶらさげてきた。その鯛に箸《はし》を握った長屋の面々が、われ
もわれもと群がっている。
又兵衛の目には、そうした浅ましい光景さえも微笑ましく映《うつ》っていた。
「……この浦舟《うらぶね》に帆《ほ》をあげて……こ、この浦舟舟……帆帆帆」
一心斎が懸命に唸っても、誰ひとり聞いてはいない。
やがて、隣近所の役人たちもお相伴《しょうばん》に与《あずか》ろうとやってきた。
座がしんと静まったのは、内与力の沢尻玄蕃があらわれたときである。
「御奉行より、祝いの酒である」
何と、筒井伊賀守の名が記された角樽《つのだる》を差しだした。
そんなことは聞いてもおらず、又兵衛は素《す》っ頓狂《とんきょう》な顔になるしかない。

さらに、驚いたことが起こった。

年番方与力の「山忠」こと山田忠左衛門と、吟味方与力の「鬼左近」こと永倉左近までが、角樽を提《さ》げてすがたをみせたのだ。

「祝いは祝い。かたちだけでも整えねばならぬ。それが宮仕《みやづか》えの武士というものじゃ」

山忠は不機嫌に吐きすて、四角い顔の鬼左近ともども、上座にでんと陣取ってみせる。

さっそく、中村角馬が酌にやってきた。

みな、筒井伊賀守が角樽を贈ると聞きつけ、慌てて帰りがけに立ち寄ったのだろう。それにしても、どうして御奉行が祝ってくれたのか、又兵衛にはさっぱりわからなかった。

「はぐれ又兵衛の力量を買ってんじゃねえのか」

からから長元坊も、まことの理由は知らぬようだった。

嬉しい半面、返礼のことを考えると、気が滅入《めい》ってくる。

と、そこへ、待ちかねた人物がやってきた。

臼井誠左衛門である。

手に提げた角樽を縁側に置き、大声で口上を述べはじめた。

「平手又兵衛さま、静香さま、ならびに都築家のみなさま、こたびはまことにおめでとうございまする。日頃のご厚情《こうじょう》に感謝申しあげ、ささやかな祝いの演し物をお披露《ひろめ》目申しあげたく存じまする。ご列席の皆々さまもどうかどうか、ご覧いただければ幸いに存じまする。されば」

臼井の合図を受け、颯爽《さっそう》と木戸を潜りぬけてきた者がある。

「しばらぁくぅ、しばらく、しばらあぷーう」

車鬢の鬘に筋隈の隈取り、派手な衣裳を纏った役者は、鎌倉権五郎を演じる七代目市川團十郎そのひとにほかならない。

座敷の連中がどよめいた。

誰もが煌《きら》びやかな衣裳と大音声に圧倒されている。

七尺の長刀を帯びた團十郎は、柿色素襖の衣裳をばっと左右に開いてみせた。つらねを立て板に水のごとく喋りきり、悪人どもの首をちょんちょん刎ねるまねをする。

「よっ、成田屋」

声を掛けたのは、かたわらに座る静香であった。

團十郎は長袴をさばき、陽気に「やっとことっちゃ、うんとこな」と唄いつつ、六方の引っ込みで木戸の向こうへ退場する。

夢でもみせられたかのようだった。

満足しない者はあるまい。

又兵衛は臼井と酒を酌みかわした。

「……た、高砂や」

『暫《しばらく》』の余韻《よいん》が残るなか、一心斎が唐突《とうとつ》に唸りだす。

「めでてえな」

長元坊は豪快に笑い、主税と亀も相好《そうごう》をくずした。

これほど楽しい祝言は、なかなかあるまい。

静香はそっと顔を向け、はにかんだように微笑む。

空からは、ちらちらと白いものが落ちてきた。

又兵衛はやおら立ちあがり、裃を脱ぎすてる。

「やっとことっちゃ、うんとこな」

腹の底から声を出し、座敷の真ん中で六方を踏みはじめた。

酒に酔った客たちが、一斉に声を揃える。

「やっとことっちゃ、うんとこな」

みなの掛け声は高らかに、八丁堀じゅうに響きわたる。

みようみまねの六方を踏みながら、又兵衛は幸せを噛みしめていた。

この作品は双葉文庫のために書き下ろされました。

双葉文庫

さ-26-43

はぐれ又兵衛例繰控《またべえれいくりびかえ》【三】

目白鮫《めじろざめ》

2021年5月16日　第1刷発行

【著者】
坂岡真《さかおかしん》

【発行者】
箕浦克史
【発行所】
株式会社双葉社
〒162-8540 東京都新宿区東五軒町3番28号
［電話］03-5261-4818(営業)　03-5261-4833(編集)
www.futabasha.co.jp(双葉社の書籍・コミックが買えます)
【印刷所】
中央精版印刷株式会社
【製本所】
中央精版印刷株式会社

【フォーマット・デザイン】
日下潤一

ISBN978-4-575-67052-3 C0193
Printed in Japan

風野真知雄
若さま同心 徳川竜之助【四】
陽炎の刃
長編時代小説

珍事件解決に奔走する竜之介に迫る、姿の見えぬ刺客。葵新陰流の刃は捉えることができるのか!? 傑作シリーズ新装版、待望の第四弾!

金子成人
ごんげん長屋つれづれ帖【一】
かみなりお勝
長編時代小説〈書き下ろし〉

根津権現門前町の裏店を舞台に、長屋の人情や親子の情をたっぷり描く、くすりと笑えてほろりと泣ける傑作人情シリーズ、注目の第一弾!

金子成人
ごんげん長屋つれづれ帖【二】
ゆく年に
長編時代小説〈書き下ろし〉

長屋の住人で、身重のおたかが倒れてしまった。周囲の世話でなんとか快方に向かうが、亭主の国松は意外な決断を下す。落涙必至の第二弾!

坂岡真
帳尻屋始末
抜かずの又四郎
長編時代小説〈書き下ろし〉

訳あって脱藩し、江戸に出てきた琴引又四郎は闇に巣くう悪に引導を渡す、帳尻屋と呼ばれる人間たちと関わることになる。期待の第一弾。

坂岡真
帳尻屋始末
つぐみの佐平次
長編時代小説〈書き下ろし〉

「帳尻屋」の一味である口入屋の蛙屋忠兵衛と懇意になった琴引又四郎は、越後から女房を捜しにやってきた百姓吾助と出会う。好評第二弾。

坂岡真
帳尻屋始末
相抜《あいぬ》け左近
長編時代小説〈書き下ろし〉

善悪の帳尻を合わせる「帳尻屋」には奉行所が絡んでいる!? 蛙屋忠兵衛を手伝ううち、又四郎は〈殺生石〉こと柳左近の過去を知ることに。

坂岡真
帳尻屋仕置【一】
土風《つちかぜ》
長編時代小説〈書き下ろし〉

凶事の風が荒ぶとき、闇の仕置が訪れる——。蔓延る悪に引導を渡す、熱き血を持つ男たちの姿を描く痛快無比の新シリーズ、ここに参上!

坂岡真

帳尻屋仕置【二】
婆威《ばばおど》し

長編時代小説〈書き下ろし〉

小舟に並んだ若い男と後家貸しの女の屍骸。ただの相対死にとは思えぬ妙な取り合わせに不審を抱いた蛙屋忠兵衛は――。注目の第二弾！

坂岡真

帳尻屋仕置【三】
鈍刀《どんとう》

長編時代小説〈書き下ろし〉

両国広小路で荒岩三十郎という浪人と知りあった忠兵衛は、荒岩の確かな腕と人柄を見込み、帳尻屋の仲間に加えようとするが――。

坂岡真

帳尻屋仕置【四】
落雲雀《おちひばり》

長編時代小説〈書き下ろし〉

帳尻屋の仲間として、忠兵衛たちとともに数々の修羅場を潜ってきた不傳流の若武者琴引又四郎に、思わぬ決断のときが訪れる。

坂岡真

帳尻屋仕置【五】
凶賊

長編時代小説〈書き下ろし〉

両替商が押しこみに遭い一家惨殺という事件が起きた。賊の龍神一味を捜すよう命じられた忠兵衛は訪れた先で島帰りらしき男を見掛ける。

坂岡真

帳尻屋仕置【六】
吠《ほ》え面《づら》

長編時代小説〈書き下ろし〉

帳尻屋の仲間のおくうに縁談が持ちあがった。戸惑いつつも、おくうの幸せを願う忠兵衛だが直後に相手の男、三太郎が奇禍に遭い――。

坂岡真

帳尻屋仕置【七】
激突

長編時代小説〈書き下ろし〉

江戸市中が飢饉の影響で混迷を極めるなか、帳尻屋を襲う未曾有の大嵐。最凶の敵を相手にした空前絶後の闘い。結末はいかに――!?

坂岡真

照れ降れ長屋風聞帖【一】
大江戸人情小太刀

長編時代小説

長屋で仲人稼業のおまつの尻に敷かれる浅間三左衛門。しかしこの男、滅法強い！ 江戸の粋と人生の機微が詰まった名作、待望の新装版。

坂岡真
照れ降れ長屋風聞帖【一】
残情十日の菊
長編時代小説
居合の達人と洗濯女の仲を取り持った浅間三左衛門。だが契りを結んだ後、男は姿を消した。行方を追う三左衛門は男の苛烈な運命を知る。

坂岡真
照れ降れ長屋風聞帖【二】
遠雷雨燕《えんらいあまつばめ》
長編時代小説
狙いは天下の越後屋——凶賊雨燕が再び蠢き出す。一方の越後屋にも言うに言えぬ秘密があった。三左衛門の人情小太刀が江戸の悪を撃つ！

坂岡真
照れ降れ長屋風聞帖【四】
富の突留札《つきどめふだ》
長編時代小説
突留百五十両を当てたおまつら女四人が賊に襲われた。庶民のささやかな夢を踏みにじる卑劣なカラクリを三左衛門の人情小太刀が斬る!!

坂岡真
照れ降れ長屋風聞帖【五】
あやめ河岸《がし》
長編時代小説
殺された魚問屋の主の財布から、別人宛ての遊女の起請文が見つかった。痴情のもつれを装って闇に蠢く巨悪を、同心の半四郎が追う!!

坂岡真
照れ降れ長屋風聞帖【六】
子授け銀杏《いちょう》
長編時代小説
照降長屋に越してきた剽軽な侍、頼母が身請け話の持ち上がっている芸者に惚れた。三左衛門らは一肌脱ぐが、悲劇が頼母を襲う。

坂岡真
照れ降れ長屋風聞帖【七】
仇《あ》だ桜《ざくら》
長編時代小説
幕臣殺しの下手人として浮上した用心棒は、三左衛門を兄の仇と狙う弓削冬馬だった!! 満開の桜の下、ついに両者は剣を交える。

坂岡真
照れ降れ長屋風聞帖【八】
濁《にご》り鮒《ぶな》
長編時代小説
齢四十を超えて初の我が子誕生を待ちわびる三左衛門に、空前の出水が襲いかかる!! 愛するおまつと腹の子を守り抜くことができるか。

坂岡真　照れ降れ長屋風聞帖【九】
雪見舟
長編時代小説

一本気な美剣士、天童虎之介と交誼を結んだ浅間三左衛門は会津藩の命運を左右する巨悪に共に立ち向かう。やがて涙の大一番を迎え――！

坂岡真　照れ降れ長屋風聞帖【十】
散り牡丹《ぼたん》
長編時代小説

兇状持ちを追う隠密の雪乃は、浪人どもに絡まれたお忍び中の殿様を助け、一目惚れされる。探索のため殿様に近づく雪乃だったが――。

坂岡真　照れ降れ長屋風聞帖【十一】
盗賊かもめ
長編時代小説

幼子を人さらいから救った天童虎之介は父親の仏具商清兵衛と懇意になる。だが清兵衛には裏の顔が――。やがて神田祭りで異変が起こる!!

坂岡真　照れ降れ長屋風聞帖【十二】
初鯨《はつくじら》
長編時代小説

雛人形を抱く屍骸をみつけた三左衛門は、やがて御三家に通じる巨大な陰謀に巻き込まれていく。悪と戦う男たちの秘めた熱き信念とは――。

坂岡真　はぐれ又兵衛例繰控《れいくりびかえ》【一】
駆込み女
長編時代小説〈書き下ろし〉

南町の内勤与力、天下無双の影裁き！「はぐれ」と呼ばれる例繰方与力が頼れる相棒と悪党退治に乗りだす。令和最強の新シリーズ開幕！

坂岡真　はぐれ又兵衛例繰控《れいくりびかえ》【二】
鯖《さば》断《だ》ち
長編時代小説〈書き下ろし〉

長元坊に老婆殺しの疑いが掛かった。南町の協力を得られぬなか、窮地の友を救うべく奔走する又兵衛のまえに、大きな壁が立ちはだかる。

佐々木裕一　新・浪人若さま 新見左近【七】
宴《うたげ》の代償
長編時代小説〈書き下ろし〉

出世をめぐる幕閣内での激しい対立。政への悪影響を案じる左近だが、己自身をも巻き込む大騒動に発展していく。大人気シリーズ第七弾！